# 沉住气，吃硬饭

王路 著

中国友谊出版公司

**图书在版编目（CIP）数据**

沉住气，吃硬饭 / 王路著. — 北京 ：中国友谊出版公司，2017.3
ISBN 978-7-5057-3973-4

Ⅰ. ①沉… Ⅱ. ①王… Ⅲ. ①随笔—作品集—中国—当代 Ⅳ. ①I267.1

中国版本图书馆CIP数据核字(2017)第018582号

**书名** 沉住气，吃硬饭

**作者** 王路

**出版** 中国友谊出版公司

**经销** 新华书店

**印刷** 北京盛通印刷股份有限公司

**规格** 880×1230毫米 32开
8.75印张 157千字

**版次** 2017年4月第1版

**印次** 2017年4月第1次印刷

**书号** ISBN 978-7-5057-3973-4

**定价** 39.80元

**地址** 北京市朝阳区西坝河南里17号楼

**邮编** 100028

**电话** （010）64668676

◇

# 目录 contents

## 卷一　说正事

## 卷三　扯咸淡

# 卷一·说正事

## 要相信每个人都有出轨的基因

2013 年，王宝强发微博：不管是现在还是未来，我都要和你在一起，一生一世，一心一意，爱你永不变！

2014 年，马蓉发微博：当这日子真的要和选择的人一起过了，你才明白，钱够花就好，容貌不吓人就行。其实真正幸福的标准，无须理由很简单，只要笑容比眼泪多，你就找对人了。

2015 年，王宝强实名定制粉钻“爱的交响”送给马蓉，发微博：一生只送一人。马蓉回应：愿得一心人，白首不分离。

秀恩爱须谨慎。不然，每次秀过的恩爱都会变成一记响亮的耳光，扇回自己脸上。

五十岁前，不要说一辈子只爱一个人。即便说，也不要太理直气壮。要知道一辈子很长，一切都有可能发生。五十岁之后，勉强可以说，因为人生已经过去一大半了，性欲也减退了，翻盘的可能性不大了。

孔子有个弟子叫漆雕开，去当官，临走前对孔子说：“我还不太有把握。”孔子很高兴，觉得他靠谱。

一个靠谱的人，永远不会高估人性，不会拿一时的情绪当永久的法则。对自己越了解，对人性越了解，就越清楚情绪的无常。要驾驭调伏情绪，得先懂得它的无常。

你得允许爱你的人不会爱你一辈子，哪怕她自己不知道，你也得知道。你还要知道，你现在爱得死去活来的人，可能转头就对她一点兴趣都没有了。

知道了这些，才能够谈谈责任。

秀恩爱是造口业，几千万人看着，你夸下那么大的海口，最后找不到坡下驴的是你自己。

任何事情都不是无缘无故的。要往前找，都能找到苗头。比如上学时就劈腿、在高铁上被拍到亲密照，以及爆出开房记录。

不要寄希望于一个人会改变。一个出轨的人，身上是有出轨的基因的。这么说容易把人一棍子打死，但照这么打下去，打死一百个，九十九个都不冤枉。

不久前，有个姑娘加我微信，备注说“张叔介绍的”，我问她哪个张叔，她不说，却问我的股票怎样了。我说：“我不炒股，你加错人了。”她说：“没关系，交个朋友呗。”她头像很好看，是个美女。我点开她朋友圈，发现前天晚上刚发了条状态：正在逛公园，期待遇到有缘人。我心想：吃饱了饭遛个弯都期待遇到有缘人，心里想想就算了，还发朋友圈，这性格天生招缘分啊。立马删了。

我不认识她。但这种人，如果将来不出轨，只有一种可能，就是她是骗子，骗人炒股的。

马蓉的事也一样。不说别的，就说明面上的。两年前，马蓉发微博：致我最爱的你。同时@王宝强、王宝强工作室、宋喆。

最爱的人有三个，难道是原级、比较级、最高级吗？

人会在暗中露出马脚。不要以为这种马脚是没有遮掩好才暴露，这是潜意识的教唆。实际上，一个人心里怎么想，会写在脸上，清清楚楚。如果一个平时在办公室低眉顺眼的女实习生，突然有一天跋扈起来，谁都支使不动她了，不要以为是没缘由的，这是在告诉你：现在我有靠山了，你们得对我客气点。

一个穷人但凡发点小财，想不嚷嚷是很难的。王宝强跟马蓉谈恋爱的时候，本该先保密一段时间，结果王宝强提前把恋情爆出来了——这不是好兆头。这表明什么呢？表明在王宝强心里，这是一份意外之喜，他有一种要把我的漂亮老婆在你们面前晒晒的意思。言外之意是：别以为老子是屌丝，我的老婆比你们的都漂亮！

如果你觉得一样东西不是你应得的，而是运气，那它就会飞走。

马蓉秀恩爱的微博写得也很有意思："容貌不吓人就行"。她不会写，"在我眼里，你永远是最帅的"。她没有那样的品位。所以，从她嘴里说出"疯狗真的可以咬人"，一点都不奇怪。

人自始至终都一样，你把她当宝，赖谁呢？你敢说不是贪图人家年轻漂亮，才愿意跟她开始的？你考验过对方的人品和忠贞度吗？

遇人不淑，不仅仅是别人的问题。

喜欢秀恩爱的人，都不太沉得住气。沉不住气，锅里煮好的鸭子飞走，是分分钟的事。

因为秀恩爱最廉价。而感情的维系要靠成千上万件小事，靠日常点点滴滴的关心，其中十之八九，都不是需要做样子给别人看的。要靠做样子表明感情的时候，感情就完蛋了。

闷声发大财，真的是人生忠告。不闷声的人，财会飞走。

不是不相信爱情。爱情好的人，都低调着呢。人家自有人家的恩爱，只是没必要让你知道。很多事情，正因为只有两个人知道，彼此才都更愿意去珍惜、去呵护。

出轨的心，并不罕见，人人都有情欲。但并不是没有力量和这种与生俱来的动物本能相抗衡。我们后天学到的很多东西，无非是在教人如何与动物本能对抗。

永远不要高估人性。永远要相信，每个人都有出轨的基因，尤其要看见自己身上出轨的基因。这不是在事后拿来为出轨辩解的，而是在事先亮出，好让自己明白缔结一段关系的不易，从而以如临大敌的态度担起责任。要事先看清长路漫漫，未来会遇到很多艰险，要有携手面对艰险，并经由艰险克服彼此身上的恶的决心，才可以开始。

缔结一段关系，不应当由于贪恋对方的好而开始，应当以已经做好了包容对方一切不好的准备而开始。开始一段感情，要有一种戒慎恐惧的态度，任重道远的决心。因为你的一切弱点、一切人性的恶，必然在接下来的日子里暴露无遗。你开始的是一场战斗，伴侣是战友，两个人共同来克服彼此的贪嗔痴。

婚姻应当以这样的决心开始：从今往后，我愿意承担你可能对我造成的一切伤害。我愿意你改变我的生活，摧毁我的事业，也做好了有一天你不再爱我的准备。如果哪天你终将抛下我，无论生离还是死别，我愿意接纳一切痛苦也不后悔。对于你可能出现的辜负、背叛，甚至伤害我最亲近的人，我都做好了谅解与宽恕的准备，因此，才敢向你提出缔结婚姻关系的请求。

## 下雨天还有必要上班吗?

我家是做生意的，开一间门店，一年到头必须守着，只有春节几天才关门。几乎没有休息的时间。最近几年，生意一直不好，经常一天到晚不发市。我想，我要是老板，可能就关门了。我小时候就这么想，其实那时候生意还不错。我说，旺季就开门，淡季就在家歇着，不很好吗？一年不就有一半时间可以自由支配了吗？我妈觉得我那种想法很傻，做生意的，不管有人没人，门要开，要在那儿守着，什么时候顾客来了，都能随时买到东西。

像我这种人是没啥职业精神的。我从来不喜欢加班。加什么班呢？加班表示你工作效率低下。有人问我，写稿子是不是需要经常熬夜？我说，从来不。晚上吃过饭，就是散步休息的时间。真要写，写到 11 点半，洗澡睡觉。睡觉是头等大事，写作算个屁。一个好的作者需要驾驭灵感，像放牛那样，拿着树枝在牛屁股后边赶着它走，不能让它牵着你的鼻子走。那些通宵不休息寻找灵感的人，没见文章写得比我漂亮啊。有多少灵感不能放到明天写？有多少串不能放到明天撸？

几年前，我在一家“福利”单位上班，很穷，工资很低，但有一点好，适合生孩子，产假能休十个月。伤筋动骨一百天，在家养着，工资照样发。当然，发不发其实没啥区别，因为工资太少，发了也等于没发。那时候，上班也没有正经的活儿干，就是上上网，爱炒股的炒股，爱打游戏的打游戏。住的地方离单位近，走路五分钟，中午过了 11 点就去吃饭，吃完回到家，不到 12 点，睡两小时，再去上班。

有一天下雨，天阴沉沉的，我回到家，发了一条状态：

什么叫罪过？这种天气不睡觉，就是最大的罪过。领导给我点了个赞。

前单位有自己的食堂，中午 11 点开饭，不同部门的人分几拨儿去，陆陆续续吃到 12 点半。后来，巡视组来了。巡视组说，你们单位，工作作风很散漫呀。领导一听慌了，开会说，从今以后，食堂 11 点半之前不要开门了。结果大家吃不上饭了。食堂太小，11 点半进去，呼啦一下，所有座位都被占住，半天打不上饭，打上饭也找不到座位。

等到巡视组走了，大家以为过几天就会好转，结果没有，规定不变了。慢慢地，大家又变成了 11 点下楼，在食堂门口排好长龙，等到门一开，立马拥进去，谁能冲到最前面，就能打到饭占到座位。

上班的事情也是一样。我们干的很多工作没有意义。领导出去跟人喝酒，谁聊了一句淡马锡模式，领导跟秘书说，你回去给我找找淡马锡的材料，秘书安排下来，就落到下面的人头上。同事没听说过淡马锡，接了办公室一个电话，午觉也不能睡了，上网搜“大马蜥”，要赶到领导睡完午觉起来之前呈给他过目。搜来搜去搜不到，不知道大马蜥是个什么动物。

如果正视自己的工作，很多人会质疑它的意义，会怀疑自己一天到晚加班加点干的这些活究竟于己于人有哪些好处？很多时候是找不出的。比如我的前单位，为了举办一场晚会花了半年时间，从各个部门借调人手，我也被借过去搞了好几个通宵。起到的作用就是在每一场晚会结束时，把道具从台上搬下去，只需要十分钟，但是要站在那里白白等上一整天。

这就是我后来铁定要离开那家单位的原因，领导当时把我叫到办公室里说："你傻呀，这么好的单位多少人挤破头想来都来不了，你一定会后悔的！"实际上，我从来没有后悔过。人永远要问自己一个问题：我做的事情于己于人是否有所裨益？如果没有裨益，还不如去吃饭睡觉。睡一觉至少能让自己的精力充沛，精神好了跟人聊得就好，也算多多少少有点好处。

但实际上，很多人勉强自己长久地做着并不情愿的事情。之所以要勉强，是因为到手的好处不舍得放弃。就因为感冒了可以去医务室用比市场价便宜几块钱的标准拿药，就要搭上一生的好多精力去奉陪那些并不喜欢的人和事。

之所以想到这些，是因为今天本来打算去上班，刚出小区，雨下大了，于是转身去小区门口的包子铺吃了包子，雨下得更大了，就回来了。经常有人问我，在北京生活辛苦不辛苦，我说，要看人的。有人辛苦，有人不辛苦。像我这样，跟人合租，书都没有地方放，想到搬家就头疼，似乎挺辛苦。同学在深圳东莞上班都买了两百平方米的大房子。但是，从另一方面看，我比他们轻松得多。我不用每天堵在路上，看见下雨了，可以扭头就回家。一般想吃想喝的，也都买得起。不喜欢谁，就可以不理他。人的生活，未尝不可以自己选择。虽然不可以处处选择，却也有不少可以选择的余地。

你要觉得必须住大房子，房产证上必须是自己的名字，身上穿的哪一件衣服走到西半球都必须能被人叫出牌子，那只有生活得更辛苦。像我这样一碗盖饭就能吃得很开心的人，平常很少感到辛苦。我爷爷爱说一句话："想发财，必受罪，胡思乱想，耽误瞌睡。"很有道理。

说到底，还是看人。当领导要求你今天必须把 PPT 做完的时候，你敢不敢回他一句："有多少活不能放到明天干？有多少串不能放到明天撸？"

什么是罪过？为了混口饭吃委屈自己的志趣才是最大的罪过。

# 如何才能下雨天不上班？

阿尔法狗和李世石下第一盘棋时，突然放弃中盘的缠斗，到左上角补了一手。演播室里坐着好几个九段，他们愣了一下，说："这步不好，是大缓手。"大缓手意思就是，该干的事你没干，跑去弄别的了。就像该高考了，你还不好好复习，在课堂上看《蜡笔小新》。我一个同学就这样被老师逮住，臭骂一顿："我闺女小学三年级都不看《蜡笔小新》了，你还看！"但那招缓手之后，阿尔法狗就开始了全面进攻，李世石处处亏损。

我高三时，背《论语》。一个学霸以为我是为了高考才背，因为有两分的文言文默写。他说，两分不一定出在《论语》上，不划算。到今天，高考的东西我全忘了，《论语》还能用上。背《论语》这种事，对于这个时代的任何人，在任何年龄来说，都是大缓手，考试又不考，也不影响升学就业，有什么用呢？但它真的大有用处。

我得益于《论语》的地方很多，就像得益于散步的地方很多。有人会说："你不努力工作，一天多少时间浪费在闲逛上？绕着小区走一圈再走一圈，那不是退休老太太干的事儿吗？"其实，我之所以能写出东西，很多思路是在闲逛时形成的。有作者出书，搞讲座，她说："一个青年十年如一日地坚持写作，每天 1500 字雷打不动，后来成了凤凰新闻客户端主笔，他就是王路。"我听说之后觉得很搞笑，我从来没有雷打不动地坚持写作，我只是雷打不动地坚持吃饭。很多人为什么对着电脑一整天一个字都写不出来？他不知道什么对生活来说更重要，他应该出去散散步。散步不是大缓手，散步是先手。

先手和缓手，在外行眼里是看不出区别的，都是在一处战斗正激烈的时候，有人跑了。如果他的跑被证明是对的，他就是高手，这一招就叫“下一盘大棋”。如果事后证明他跑错了，他就是草包。

高手和庸手的区别就在于，高手能看到哪个地方更加重要，从而及时地腾出手来布上一颗子。如果你没有事先布上子，在每一场具体的战斗中，肯定会渐渐落到别人后边。昨天我写了篇《下雨天还有必要上班吗？》，有人说，你是有资本才能这么讲，我没有资本。实际上，资本是积累的。你去积累，就会慢慢有资本。从来不积累，又说自己没资本，所以处处受限制，这是不太明智的。资本是怎么积累的呢？就是时不时地跳出眼前的战斗，下一着“闲棋”，事后“闲棋”发挥作用，你就有资本了。

很多人舍不得眼前的战斗。战斗在哪里，他就认为哪里价值最大，腾不开手，他认为一腾开，就变成缓手，吃亏了。于是永远被眼前的局面缠绕，一直很辛苦，又一直很被动。

昨天的文章，有朋友评论：“有人问我有多少精力和时间放在工作上，我说 30%，全场震惊。只不过我喜欢技术正好做技术，我喜欢的某些人文，正好对管理有点用，剩下的 30%

确实是没意思，出于责任、人情或必要的基础而已。”

说得非常赞。她本来是程序员，现在做管理和架构，不再写程序了。假如她做程序员时把 90% 的精力都放在写代码上，很有可能现在还是程序员。如果你不能为长期的转型做一些铺垫，就永远没有主动转型的机会，而被迫的转型，既辛苦又吃亏。

我举一个例子，可能同事看了会不高兴。就是网络编辑这门手艺。网络编辑也是手艺活。它和传统的出版编辑不太一样。一个出版社里的老同志，根本干不了网编的活，他没有办法同时处理几十条新闻，也不知道怎么取一个高点击量的标题。所以，十年前，网络编辑的手艺很金贵，拿的工资也高。到后来，互联网行业别的岗位工资涨得都比较快，就编辑涨得慢。为什么呢？因为编辑的手艺偏传统。

而且，这门手艺也在不断变。一个在 PC 端经验丰富的老编辑，突然跑去做微信公众号，可能一塌糊涂，做不过 90 后的小编。为什么呢？一个是他不理解 90 后，搞不懂为什么那么多人热衷小鲜肉。另一个是他不理解载体的变化。从前是对着电脑屏看新闻，一张屏幕可以有几十条，现在是对着手机屏，一屏只能有几条。

人的处境跟新闻差不多。人躺在一个时代，就好比新闻躺在一张屏幕上。躺在报纸上很抢眼的新闻，躺在手机屏上没人点。像葛优躺，在手机屏上很流行，在报纸上是上不了版面的。所以，如果一个人拼命地干活，拼命地磨砺现在的手艺，而不能腾出手来在别的地方稍稍布局的话，就会活得越来越艰难，就会发现自己这行越来越不好干。这很正常：在局部缠斗下去，利益肯定越来越少。所以要懂得脱先。如果不懂脱先，就会发现，以前掌握的经验慢慢都不灵了，这个世界越来越搞不懂了。

很多看着不变的手艺，细微处也有巨变。过年回家，我妈把我领到一个剃了几十年头的老师傅那儿去理发，说他理得最好，结果给我理了个小虎队的头，我一星期没敢出门。有人说，自己做内容，无论平台怎么换，总饿不着，这也看得不确切。就像写文章，不同时代、不同平台，文章也有不同的写法。

小学时，老师教作文，段与段之间要换行，段首空两格。谁规定的？孔子这么排版吗？当然不。这是约定俗成。这种约定有它的载体、时代和寿限。它的载体是纸张，兴盛于印刷出版业发达的时代。在手机屏上写文章，再那样分段，就太丑了。

因为手机屏幕窄，一行装不了几个字。简洁的分段方式是隔一行，顶格写。纸质书上，一段三五百字是正常，一段一句，是古龙。古龙为什么一段一句？他欠钱多，为了多赚点稿费。但今天，手机屏上，一段一句是正常，一段超过两百字，太累了。没有人明文规定这些，但任何事情都有它的规律，摸索出这些规律，就是学问。

这样的学问有很多。这只是最简单的，还有需要慢慢琢磨的，比如，每个词汇的寿限："说时迟，那时快"，"不看不知道，一看吓一跳"，"有啥别有病，没啥别没钱"，我小学三年级以前，谁作文里用这些，会被老师用红笔圈出来表扬，今天哪个作家还敢这么写，就离吃不上饭不远了。网络编辑虽然也有自己的手艺，很可能在算法的攻击下迅速灰飞烟灭。那怎么办呢？也简单，就是在战斗激烈的时候，捕捉到先机，腾出手来下一着貌似"闲棋"的子，并让它在未来的战斗中发挥作用。

人机大战的第一盘，阿尔法狗最惊艳的一着是右边打入，很多人以为无理，我坐在演播室，周围的棋手都说：这还是围棋吗？后来目瞪口呆：出棋了。出棋后大家分析，如果李世石先刺一下，打入就不可能了。为什么没刺呢？因为早早去刺看起来是个大缓手。

人生很多事情也是这样。后来的局促只是因为先前没有布好局。太深地卷入当下的工作，而对长远的局势认不清。因为认不清，会把缓手当先手。最典型的例子就是，工作之后学英语。走在大街上，被培训机构发传单的人拉住：先生，需要学英语吗？你一想，这半年正好有空，为什么不充充电呢？就把报名费交了。

看起来是布局，其实不是。并不是离开目前的战斗，随便在空场摆个子就叫先手。先手是别人还没看出它的用意时，你就知道这一手将来必有大用。而很多人学英语只是因为不知道该干点什么。半年的业余时间，能让英语提高多少呢？即便能提高，又会在眼前的工作和日后的转型中发挥多少作用呢？要能回答这些问题，才能懂什么叫先手，什么叫布局。

先手体现在驾驭空闲的能力上。知道什么时候可以腾出手，知道腾出手来应该干什么。一个人刚毕业时，肯定没有多少空闲。但如果能够善加利用空闲，他的空闲就会越来越发挥出重要的价值。这种价值将潜移默化地影响他今后生活和工作的走向。慢慢地，就会有条件做自己喜欢做的事情，并且借此生活得很好。

很多人是割裂地看事情。经常有人说：“找到的工作我都不喜欢，我喜欢的工作，别人又不让我做。”理由很明了：如果你没有事先在一块地上布子，如何能保证今后的战斗对你有利呢？要紧的是，一点一点地积攒条件，当条件越来越多，机缘越来越成熟，自然就会切换到有力量掌控生活和工作的状态。

很多人放弃了对闲暇的掌控，去做一些无补于生活和职业的事情。或者是看似有补其实无补的事情，比如报名上辅导班、考证。一个注册会计师资格证考下来，三五年就过去了。三五年的闲暇，可以做多少有意义的事情啊。有意义的事情不是指赚钱，也不是指学到什么技能，那些都是小细节，不是大局。大局是令自己有所改观，而且这种改观将影响到长期的道路。慢慢你会发现，内在的改观比外在重要。学会做 PPT、剪辑软件这些，虽然不无小补，却很少关乎大局，偶尔的学习是必要的，如果陷溺进去，则得不偿失。关键不在于你做什么，而是要搞清楚，做这一件事情，在你生命中可能发挥的作用。能发挥作用，哪怕是睡觉吃零食，都大有意义。

其实，下雨天需不需要上班，是具体职业决定的。从长远看，每个人都有选择职业的能力，只是太聚焦于眼前的缠斗，就忽略了这一点，以为自己的生活完全是被胁迫的。

# 一个人下班后应当干什么

晚上和朋友吃饭。朋友说，周五下班回到家，感到特别空虚。从前我不上班时没这感觉，上班后，这种感觉强烈地涌上心头。

这种经历我也有。而且时至今日，也没有办法很好地克服。不但我有，我周围认识的人，太多有类似的情绪。朋友讲出这些，我一点都不奇怪。

我知道一些办法可以抵御这种情绪。比如，下班之后买菜做饭，和关系融洽的室友一起聊天、看电视。我毕业后的第一年就是这么过来的。当时合租的加上我一共三人，都是男的，同事，大家一块去菜市场买鸡蛋、蘑菇和肉，研究要做什么菜吃，每个人都抢着炒菜，都不喜欢刷碗。

那只是一时的兴趣，到后来，饭就做不下去了。老是有人不爱刷碗，还有人常带朋友来，慢慢地，一点一滴的芥蒂就形成了彼此间的隔阂。头一年元旦还坐在一起聊新年愿望，后来就各玩各的了。等到不一起合租了，关系倒好了些。

一个人住的时候，这种感觉更加强烈。所以后来我经常晚上跑到同事办公室里玩，其实不是跟他玩，而是希望自己身边有个活物。说出来不太好听，就像是身边有一只猫、一只狗，他跟我比较熟了，也不介意我这么比喻。一个人住的话，养只猫、养只狗都挺好的，再不行，养一盆花也好。这样，你得时不时地想着给它浇水，想着有一样东西需要你侍弄。总有个念想，有个牵挂。

但这并不是很彻底的方法。彻底的方法，是一定要努力找到自己生命的核心。前一段时间看一篇牟宗三的文章，大致内容我忘了，关键的一点是，他说一个人应当找到能发挥出上天赐予自己的禀赋的地方。牟宗三的观点很多我不赞同，但这一点上，他说得特别对，也特别重要。比如鲁迅，假如去做一名医生，以他暴躁的脾气、乖戾的性情，恐怕很难成为一名杰出的医生，但弃医从文后就不一样了。当他拿起笔，就可以写出嬉笑怒骂的杂文、无与伦比的小说，上天赐予他的性格，在文章里发挥得淋漓尽致。鲁迅不是一个好性格易相处的人，这种人如果干别的行业，恐怕会很失败，搞不好还是一个到处传递负能量的人。所幸他有机会拿起笔来写东西，成就了一个时代的天才作家。

李叔同也是如此。假如他不是中年后出家当和尚，他也会是个艺术家，但恐怕不会成为横空出世的大艺术家。但削发为僧之后就不一样了。那样的僧人，整个20世纪都是绝无仅有的。开明书店曾托夏丏尊请他写字模，也就是印书需要找一个人的字作为模板，李叔同是有名的书法家，就想请他来写。李叔同很爽快地答应了。工作进行了一阶段，他又反悔了。反悔的理由之一是，有许多需要书写的字非常不适合出家人写，比如刀旁的字，残酷凶恶的太多了。“又女部中更不堪言，尸部中更有极秽之字，余殊不愿执笔书写，此为第二之原因，此原因甚为重要。”这是李叔同给夏丏尊的信。唯有这样质地的人，才可能弘扬南山律宗。李叔同的出家，真是寻找到一个把禀赋发挥到淋漓尽致的机会。

但据我之所见，十之八九的人并没有找到这样的机会，找到一个最能发挥自己天性的事情来做。一旦找到这样的事情，下班之后该做什么、周末该去哪儿玩，统统都不是问题。因为必然有一样事情，让你愿意倾注心力。它足以填补掉你的空余时间，并让你的生命因此绽放出光彩。

我有个高中同学，现在在高校教书，他说他的博士读得非常轻松。但在外人看来，他那时候的生活相当艰苦。当年在中科院物理所，那是寸土寸金的地方，他一家两口租房一个月才 700 块钱，同学去他家吃饭，五六个人都很难坐下，上厕所要去楼下几十米外的公厕。但他们生活得很开心。他说他发论文和毕业一切都非常轻松，毫不费力，而我问他的工作与作息，他说每晚在办公室做实验到十点多回家。这就是一种非常良好的工作生活状态，能够在所从事的事情上找到乐趣，从而无须考虑空闲下来该干什么。现在，他去深圳大学任教，生活条件比很多同学好，但他的工作状态依然同在读博时差别不大。我很羡慕他的就是，每天都可以做些事情，是这个世界上只有为数不多的人正在做的，而且每一步努力，都有可能为人类社会往未知领域的迈进做出贡献。他没什么背景，一个人出来拼搏，现在衣食无忧，未来前景无限，这正是长期修来的福报。

所以我觉得，一个人应当找到一样事情，在从事这样事情的时候，自己能感到由衷的快乐，并且能够最大限度地发挥出自己的天性，同时，还会为未来的人生开辟一条道路。

反观我自己的经历，我觉得我也是很幸运的。我本来应该从事金融行业，我的同学绝大多数都在干金融，而且金融也是比较挣钱的一行。但真从事那样的工作，我会很痛苦，而且必定干得很糟糕。我办事不利索，不擅长跟人打交道，也不饮酒。幸亏我毕业后去了一家无所事事的事业单位，一直没有丢掉写作。那时候写东西也没人给钱，纯粹是下班之后没事，读书和写作，成为填补空闲的一种手段。而且在写作的过程中，写到顺畅的时候，也有很过瘾的感觉。

但我迄今仍然没有找到生命的那个点。它可以是写作，但单说写作太笼统，写小黄文也是写作。从前就有朋友请我写小黄文，就是文学网站连载的那种，说那个来钱快，我婉拒了。那个我不擅长，写不擅长的东西，我会很痛苦。它也可以是读书，但单说读书也太笼统，我并不是读所有的书都很开心，十之八九的书会读得昏昏欲睡，了无趣味。常有人问我，佛经那么枯燥你怎么读得下去？其实我也读不下去。我经常读着读着，头就歪桌子上睡着了。但我知道有些东西的长期积累会改变一个人内在的质素，让人身上有一些与众不同的东西。那么，当这一点展露在外的时候，就让这个人散发出不同的气质。

董仲舒说过一句话："正其谊不谋其利，明其道不计其功。"我们这个社会是反过来的。做一件事要讲究能带来什么。但是，如果一件事能给我们带来很有价值的东西，通常我们是看不见的。因为我们的视野太窄，能看见的都是小价值。这么说，又似乎变成另一种功利主义了，"老子"式的功利主义。

就我个人的经历而言，积攒到现在，对人生最有意义、最有帮助的东西，都不是当初为了今后有用才学的。而是因为兴趣、因为好玩才去了解的，现在，它们成为滋养我生活与创作的源泉。

古人说，穷理、尽性、俟命。这条路是永无穷尽的。每往前迈出一小步，多穷一步的理，就可以多尽一分的性。始终走在这条路上，探寻自己的方向，自然无暇顾及日子该如何打发这种问题。因为你永远知道哪些事情可以让你的生命变得更加有意义。

# 任何人都可能突然没饭吃

昨天晚上，正吃饭玩手机，一个小伙子凑过来，“您好，打扰一下。”看我惊奇，他说：“放心，我不是骗子，想占用您几分钟时间，介绍一款产品，请问您平时用什么擦鞋？”说着从手提袋里掏出一瓶东西。我说：“我平时不擦鞋。”他露出尴尬的笑，扭过身去了。

他没走，茫然站在那儿，一边缓释情绪，一边瞅别的目标。

我有心问问他吃饭没，又不好开口。正犹豫，他已经走向靠墙坐的俩姑娘，刚掏出产品，她们就摆手拒绝了。他赔笑着走开，想从店里出去，到门口又站住了。

我想把他喊回来，随便聊聊，再请他吃个汉堡。但我怕那样会让他感觉受了侮辱。人家想靠劳动吃饭，出于同情的施舍也许是种冒犯。但我真的不需要他的产品。更重要的是，如果我买了，他很可能会误以为是自己的推销见了成效，兴奋的鸡血会让他在这一行泡得更久。

他又走向一位单身女孩。女孩允许了他的介绍，他兴冲冲地把手提袋里的产品全摆了出来，有擦鞋的，有护肤的，有洗头的。女孩听了半天，一样没买。他提起手袋迅速离开了餐厅。

上周末，参加沙龙，我碰到一位 1996 年的小姑娘，玩自媒体，每月接广告能挣四五万，从学校退了学，跑到北京做公众号。她曾经为了涨粉，打印了二维码跑到写字楼的厕所里到处贴。

这是个励志的故事，但这种故事很糟糕。主持人说起这个故事时，立秋后的凉风正穿过玻璃窗吹透 23 层的高楼，燥热的午后渗出丝丝凉意。你知道拎着手袋在夜色中穿梭的推销小哥为什么半个月挣不到一毛钱还愿意坚持吗？因为他听过很多这种故事。

为了涨粉去厕所贴二维码，毫无用处。如果有用，你立马会在所有公厕中看到二维码。后来，问小姑娘，她也承认，二维码只贴过一下午。

小姑娘要感谢她贴二维码的经历。这种故事虽然对于涨粉毫无帮助，但它适合写进宣传稿，讲给别人听。去考察任意一个稍有起色的人，都能找到苦逼的过往。但那些苦头，十之八九是因为愚蠢，因为不熟悉才走了弯路。但弯路一经包装，就以每个人必将经历的苦难的形式呈现，让挫败者感到安慰——我不够成功，只因我吃得苦还少。啃一个月方便面算不算遭罪？不算。有人能啃三个月。啃到三个月你发现还有人能啃半年。

苦逼不是成功的理由。但不够苦逼是失败的慰藉。你永远不可能太苦逼，因为太苦逼你就挂了。

最近两年，越来越多的人，跑来问我如何写文章。他们都不是对写作有兴趣，只是想做公号赚钱。我说："不要写了。"一些很漂亮的姑娘，看别人做直播月入数万，也架起摄像头搞直播。我说："不要做了。"

业余玩家炒股，能不能赚大钱，盘操得好坏不重要，有没有撞上牛市才重要。个人的奋斗往往微不足道，起作用的是历史的进程。

什么时候，都有人说，赚钱太难了。正在他们感叹赚钱难的时候，一帮人忙着赚大钱。任何时候，都有迅速发财的门路。房地产火、民间借贷火、传销火、微商火，纷纷是机会。但是，只要你去追，一定鼻青脸肿。

三年前，去西单图书大厦，十分钟至少能碰见三个推销产品的。现在慢慢没有了。为什么？裤腰带勒得再紧，扛不过三年。三年就饿死了。当相信某种励志故事的人越来越少的时候，这一行就不行了。

励志故事不假。只是，一个励志故事背后，有一万个苦逼真相。

佛教有个词叫"共业"。两个人卖方便面，一个人扯着嗓子吼，宣传方便面好吃，本来大家都没吃方便面的习惯，因为他吼得厉害，大家慢慢开始吃，但他吼得太厉害，自己累死了。另一个卖家就坐享其成了。

股市平稳时，再专业的操盘手，都不会很快成为传奇。但全民炒股时，一个根本不专业的操盘手，只凭运气，就可以迅速赚到爆，成为偶像传奇。尔后，他的故事会流传，他的经验会被复制。

会有很多人饥渴地向别人传播那些故事和经验，从而引来更多人参与，一边进场，一边感叹："我来晚了！来晚了！"当看到那些进场更晚的人依然有钱赚，又告诉自己：还不晚，现在是最后的机会！一定要把握住！

只是擅长出镜的人做直播，一定赚不了很多钱。无论他们如何提高口才，无论他们模仿赵本山和郭德纲多么像，都不行。但有一种情况例外，就是全民直播的时候，他们会迅速成为传奇，然后，哪怕之前做得很愚蠢、很蹩脚的东西，都会被供奉起来。

《冰与火之歌》里常说："凛冬将至。"

对专业的人来说，冬天并不存在，但对被大潮席卷着的人们来说，冬天真的存在。

那位退学的小姑娘，只是三个月收入上万，就敢笃定退学，对创业的远景坚信不疑。在她眼里，我这种作者是马上要死在沙滩上的一代。她讲得很好：“情怀没有市场，你得知道大众要什么。”她的话精辟，透出睥睨一切的决心和自信。我突然为她惶恐起来：这位充满朝气和斗志的姑娘，万一半年后连着三个月接不到广告，该怎么办？

不是开玩笑。任何人都可能突然吃不上饭。

去年的创业者，投资人追着屁股砸钱，他们不稀罕。今年，他们追着投资人屁股求钱，没人搭理了。风向变化很快。

我上学前班时，父母下岗，没办法，借钱做起生意。很快，赚钱的速度超出了预期。人手不够了，姑姑、叔叔都来帮忙。又很快，他们都出去开自己的店。他们的亲戚朋友，也纷纷做起生意。一夜之间，生意不行了，谁做谁亏。我爸不信，折腾了很久，终于服气：形势比人强。

有句话讲：“想发财，必受罪。”很有道理。但不能倒过来讲，不能说：“肯受罪，必发财。”

有个小伙子应聘洗车工，活又脏又累，工资又少。老板指着旁边的车说：“我去年跟你一样，现在你看，车是我的。”小伙子很高兴：“你的意思是，我努力工作一年，也可以有自己的车了？”老板说：“不，你努力工作一年，我就可以换更好的车了。”

只要你肯受罪，会有人因为你受罪而发财的。

所谓风口、机遇，不过是忽悠人进场摇旗呐喊的。有人站在金字塔尖，就有人站在金字塔底。很多人梦想站在风口，正是这种欲望，制造了风口。无数人看到风口上的猪，一边感叹不可思议，一边笃定地相信猪能飞。而猪之所以能飞，正是因为他们都跟在猪屁股后面吹气。等到他们停止吹气，并把自己想象成猪跃跃欲试的时候，四面八方都传来同一种声音：风口过去了，冬天来了。

# 要允许别人扔掉你的礼物

《上下五千年》是我小时候很珍爱的书。二年级时，我爸买了一套，我每天带到学校，和同桌一起看。两人速度不一样，各自歪着小脑袋看不同的页数。我换了几个同桌，都爱看，我就以为人人都喜欢。

后来，弟弟生日，我买了一套送他。我零花钱少，攒了很久才够。弟弟不爱看书，但我觉得小孩应该多读书，才能增长知识，所以也不心疼。真正让我心疼的是，隔了一段，去他家玩，他正在吃面，我送的书就垫在碗底下，端起碗，书上一圈油印子，像印章盖的。

初中时学《羚羊木雕》，张之路写的，讲一个小朋友把父亲从非洲带的贵重礼物送给了小伙伴。妈妈知道了，让他要回来。小伙伴的妈妈也责怪小伙伴不该收这么贵重的礼物。

当时我完全理解错了。我以为，两位妈妈是对的。但中心思想不是这样讲的，老师说，大人眼中只有利益，小孩的友谊才单纯。听了老师的讲法，我很羞愧，觉得自己很俗气。

不过今天再看，我觉得自己是对的。未必是小孩友谊单纯，很可能是小孩对价值的认识太模糊。我外甥三岁时，给个苹果就能换走他一百块压岁钱，他还特别高兴，到了四岁，三个苹果都换不走了。小孩可能第一天送了礼物给朋友，第二天闹了别扭就后悔。或者几年之后，知道它多值钱才后悔。如果未来后悔，再说小孩的友谊纯粹就虚伪了。

佛经上讲，仙人对国王说，自己犯了偷盗罪，因为接受了国王的礼物。国王说：“你并没有犯罪，礼物是我心甘情愿送给你的。”仙人说：“虽然你当时送给我了，但回去之后，我以为你后悔了，如果你后悔，我就犯了偷盗罪。”

这个故事有寓意。比如说，小伙子为了骗姑娘，跟她谈恋爱。心里清楚，自己未必愿意跟她结婚，但不妨耍一耍。姑娘觉得小伙子蛮好，就把心托付给他。后来暴露出真面目，姑娘后悔了。哪怕姑娘起初心甘情愿，只要后悔，小伙子就犯了偷盗罪。

人在接受馈赠的时候，应当提醒自己，这馈赠是不是别人所愿，他有没有能力馈赠如此之物，未来会不会后悔。很多人赠送礼物，是怀着投桃报李的心态，礼物送出去，如果没有得到与期待相符的回报，就会失落。这样的礼物，其实不宜接受。爱捡便宜的人，是容易犯偷盗罪的，别人为什么愿意给你恩惠呢。

读研时，好友给我寄了进口咖啡。我睡眠不好，不太敢喝，就转送给另一位朋友。自己很宝贝，就以为别人也宝贝。隔了很久，偶然聊起，问他喝了没有，是不是很好。他说喝了一点，不小心放在阳台上，淋了雨，就扔掉了。我心疼得不得了，就感叹说，那可是一大罐，好贵呢 。又问他，为什么会放在阳台上，为什么忘了盖盖子。因为多问了两句，他好像也不是太高兴。

回去之后，想起小学的一件事情，才觉得自己多提的两句并不合适。小学毕业那年暑假，我去班主任家拿信，她刚从乡下回来，塞了几根玉米棒子给我。我很感动，因为五年小学里，再没有第二个老师送我礼物。

我没有告诉我妈，怕她把玉米棒子煮来吃了。但又没有自己的房间，就借了方便面箱子，装了玉米，放在床肚里。时间久了，这事也给忘了。后来，玉米被发现的时候，已经长了霉点，扔掉了。我觉得好可惜。一旁的姐姐说："别说长霉了，就是不长霉，也不值当煮啊，小成这样，在乡下只能拿去烧柴火。"我听了如梦初醒：难道是老师觉得玉米太糟糕，懒得煮，扔掉又可惜，刚好赶上我去拿信，才顺手给我的？

往往就是这样。别人送你一样东西，本来很随意，你却把它宝贝得不得了。也许对别人来说，送礼物只是微不足道的习惯。就像有人无论到什么景点，都会买一堆明信片寄给每个朋友。而另一些人，只在最好的景点，很吝惜地寄一两张明信片给最好的朋友。如果他祈望别人特别珍惜他的明信片，往往要失落了。

舍利弗行菩萨道，要先渡过布施河。有人来找舍利弗，要他的眼睛。舍利弗说："我的眼睛抠出来，对你也没什么用，不如你要点别的，财物我都可以给你。"那人说："不要别的，就要你的眼，如果你真想渡过布施河，就把眼给我。"舍利弗就挖下一只眼，给了他。那人拿起嗅嗅，说好臭，唾了一口，扔到地上，用脚踩扁了。

舍利弗叹息："这人真是恶劣，他要我的眼并没用，却坚持要，给了他，又用脚踩，真是没办法度化，还是先度自己吧。"刚生起这样的念头，菩萨道就立时退转，回向小乘，不能渡到布施河的彼岸。

这个故事让我震动。震动并不是说，人家要你的眼睛你也得给他，而是，如果你决定把一样东西给别人，那么，别人怎么处理，就是别人的事。因为东西已经是别人的了。哪怕别人转手把它扔到垃圾桶，也没有什么不好。如果你还把自己当成这样东西的主人，就等于宣判了别人的盗窃罪。你送人东西，并不是要用来换取宣判别人罪过的能力的。即便是在父母子女之间、夫妻之间，都不该有这样的想法。自己可以为所爱的人付出，可以无限地施与，却不能强求别人必须珍爱你的付出。

哪怕内心存有一点点这样的要求，也是不好的。这样的念想，对自己并没有好处，只会让自己后悔。对别人也没有好处，只会让人觉得，欠了你的情分。如果需要偿还，就不是送而是借了。

小时候，有小伙伴上厕所没带纸，用我寄给他的信擦屁股，后来他姐姐告诉我，我一点都不郁闷，反而觉得他很性情。但后来，年龄越大就越在乎，自己送出的礼物，别人有没有好好珍惜。同时，我也隐隐把收到的礼物当成负担，因为知道它总有一天会坏掉，坏掉之后该怎样处理呢。要是自己的东西，就毫不犹豫扔了。既然是别人送的，总觉得扔了似乎有点对不起人家。西安的朋友，送我一只兵马俑模型，我把它从家里带到广州，脑袋在火车上磕断了。毕业带回家，后来又搬家，每次都携着一只头和一架身躯腾挪，也觉得麻烦。

自己贮藏东西有负担，别人自然也有。任何东西，都有寿命，终是要坏的，到头还是要遗弃。送人礼物的时候，就该想到这一层。无论是多珍视的东西，既然送出去，就和自己无关了。别人如果知道，你还对他如何珍藏有要求，他岂不成了你的物品保管员了。不该有这样的想法呀。

春节临近，又是送礼的时候。张三掂一箱礼物到李四家，李四用不着，掂到王五家，王五礼物多，又掂到赵六家，最后，赵六把它掂回张三家。虽然礼物转一圈又回来了，不多不少，GDP 也没有增加，但张三、李四、王五、赵六之间的情分增加了。要紧的是情分，至于礼物走到哪儿，如何处理，都没那么重要。

# 不要欺负比你弱太多的人

接到录取通知书的徐玉玉，被骗走 9900 块，气死了。

有人批评她，这孩子太蠢，人家让汇款，她就汇。

我也那么蠢过。

五年级暑假，奶奶去世，爷爷突然空落落的。他想走亲戚，就带着我和表弟去看大姑。坐长途汽车，早上五点半发车，到了十点，停在一个不知名的小车站休息。

站里有人玩扑克，三张牌盖住，让人猜红桃J，猜前下注，有人输，有人赢。有个中年汉子说：“你别动，我押这个！”他请爷爷帮忙按住牌。爷爷说：“好。”牌手就骂：“老头没钱别瞎凑热闹！”爷爷生气：“谁说我没钱！”就去解裤腰带，钱用手绢包着，贴身系在腰里。请按牌的人说：“大爷，都押上，再没跑儿的。”就把爷爷握着的钱和手绢抢来，刚放下，牌手就把钱抓走了。一群人一哄而散，只剩手绢扔在地上。

那是五百块，20世纪90年代。奶奶病倒之前，爷爷开小卖部卖烟酒零食，半年才挣五百块。

上了车，爷爷说，可别对你大姑讲呀。刚到大姑家，爷爷就病了。回家我也没敢说，表弟说了，我爸知道了，骂我：“你爷爷老了，你怎么也不长心眼儿！怎么不报警！”

我自责了好久。脑子里一遍遍演，想象再次发生时，我把他们抓住喊警察的样子。那年我十岁，表弟九岁，生平第一次坐长途大巴，晕车吐了三次。

两三年后，只是从小报野刊上，就知道这种骗术是多么低劣。又过了好多年，才明白，其实我、爷爷、表弟，当时碰到这种事情，毫无抵御能力。我们根本不知道世界上有那么坏的人。以为就像逢年过节，亲戚邻居打牌有个输赢。

知道他们是骗子，我恨之入骨，想把他们砍了。他们是我在十岁的生命里遇见的最坏最坏的人。

读大学后，每次坐火车都异常警惕，怕行李被偷，不敢睡觉，曾经18小时没上厕所。还好，至今没在火车上被偷被骗过。骗子在我十岁的心灵中抹下的一笔灰，让我对世界的忧惕警觉持续了很久。

两周前，我家官司到了评估阶段。作为原告，要先垫付评估费用。我爸把法院的短信转给我，问我评估费是不是高了。他心疼钱。我说：“我也不知道，就算高了，人家要多少咱也得给多少啊。”虽然这么说，我还是把信息转给一位律师朋友，再一次麻烦她。她人很好，很快帮我查了，打电话给我，评估机构还真要高了。

我马上找到评估机构电话，打过去，不接。我发短信说：“依据《豫发改收费 [2011]1357 号》文件，算出的收费金额跟您要求缴纳的不一样，是不是出新标准了，具体文号是多少？”

对方电话立刻打过来了。他说：“是这样的，按照标准来，成本裹不住，请你理解。让你爸直接跟我们联系吧，我们跟法院、你爸都熟，价格可以再商量。”后来，按照标准收评估费，省了6800块。

我突然想，要不是有个律师朋友，人家乐意帮我，真是一点办法都没有。要不是我爸有这样一个儿子，在北京工作，人家根本不怵你。平常老百姓打官司、看病，别人要多少钱，你不就得给多少钱吗？你懂得查文件吗？查到了，求人办事，敢去争吗？

你对一样东西不熟，懂的人就能欺负你。

被骗有时候真的不是因为笨，是因为对很多东西不了解，又愿意怀抱善意去信任陌生的人和事。别人懂，你不懂，想坑你骗你，你怎么躲得过呢？

过去的骗子，有几种人不骗：瞎子不骗、聋子不骗、瘸子不骗、傻子不骗。为什么不骗？人家生活已经够难了。人家太好骗了。欺负人，别欺负跟自己不在一个数量级的，太损阴德。你得到一点好处，别人付出难以承受的代价。

你将失去世人的尊敬。只剩下最愚蠢的人拥戴你。就像《天龙八部》里慕容复的结局，只有一帮小孩为了糖果称他陛下。别人眼里，他只是个小丑。

世界上骗子很多。骗钱的少，骗感情的多。一个中年男性想迷倒未谙世事的小姑娘，太容易。双方不在一个段位。你拥有的，她没有，对她就是致命的吸引。她不是没怀疑过看上去和善慈祥的大叔不是好人，她以为自己够聪明，只是，她对恶的理解远远不能达到真实世界的复杂程度。

人性的恶比很多人穷极想象的地步还要坏很多。被“老司机”带到酒店的女实习生觉得，他是前辈，总不至于吧。就是这种不至于的想法，宁愿去尊重、用善意揣测一个人的想法，毁了自己。

你将善意投给世界，世界报你以最大的恶意。徐玉玉，一个 18 岁的小姑娘，锦绣年华还没来得及在她眼前铺开，就死了。

当好人被辜负，善良被戏弄，受尽伤害的人很难再真诚地相信世界。我周围的人，颇有喜欢玩弄他人感情的，有男性，也有女性。一个情场老手去欺负情窦初开的人，太容易。自己不付出，不受任何伤害，对方却遍体鳞伤。

这不慈悲。但若细考他们之所以不慈悲的缘由，会发现没有一个人不是曾经被深深伤害过。他们最初也不坏，也纯情，也愿意念世界的好，只是在一次次遭遇恶意后，没有力气再做好人。

任何人身上都是善恶并存的。当仅存的善遭逢辜负和侮辱，当好人对世界太绝望，就会掉头不顾地以敌意报复世界。五浊恶世就此展开。

不知骗徐玉玉钱的人，看到新闻，夜里还能不能睡得着觉。他愿意为 9900 块杀死一个人吗？杀死一个妙龄的、单纯而对世界怀抱善意和信赖的姑娘？

他想象不到那些。在他眼里，9900 块只是一个数字，够买两部手机。他看不见恶行的严重后果，看不见这将夺去一个生命，摧毁一个家庭，让成千上万人心寒。

贪污百万的官员，人们也许会恨，但骗了不到一万块的骗子，往往要被无数人戳脊梁骨。为什么？抢别人的饭，罪过小；喝别人的血，罪过大。要去骗那些活得最悲惨的人，并以此为生，是何等愚昧可悲。

他们种下恶果，将人心仅存的善褫夺焚毁，令世界变成荒芜的冰原。

永远不要欺负那些比你弱很多的人，神明在庇佑他，代价你负担不起。

## 必须向大龄单身女致敬

我不喜欢这句话："爱情会迟到，但不会缺席。"

迟到和缺席，并没有很深的鸿沟。一场会 45 分钟，第 39 分钟，有人来了，和缺席有什么区别。

70 岁的时候，终于和当初相恋的人走到一起，所剩光阴已经无几，彼此都不能把最好的年华献给对方，一同守望幼小生命的成长也不再可能。槁木死灰的心，又翻起一点涟漪，美好和遗憾，哪种更多呢？

说爱情一定不会缺席的人，心里是遗憾的，忐忑的，怕等候不来，才给自己打一剂强心针，让自己有坚持下去的勇气。但太久的迟到，已如同缺席。

有位朋友，常劝我找对象。他说，现在的年龄，是身体最后的黄金时间。如果再不享受激情和快感，过几年就永远不可能了。他说和女朋友同居，已经没有生理上的快感，很多时候，只是为了满足心瘾。

我问起婚姻。他说，周围人的婚姻，很少有满意的，还算不错的，是夫妻双方都不太干预彼此的生活，比较自由。言外之意是，他们并不很忠贞于婚姻。

我听了很灰心。我说："如果那样，我宁愿单身。"

我周围的人，大部分结婚养娃了。他们当中，婚姻顺利的，多半是和中学或者大学同学谈起恋爱，时间长了，顺理成章结婚。大龄恋爱结婚，不牢靠的居多。

大龄单身者，经历的人和事多了，会设防、会挑剔、会比较，不太愿意暴露真诚，眼中先见到对方的瑕疵。为了结婚，对爱情之外的要求多于爱情。婚姻对他们而言，毫无神圣感，不是奢侈品，而是必需品，能凑合用就行了。

很多人选择单身，是要和这种三观对抗。他们不想苟且、凑合地过下半生，不愿意让并不心动的人成为今后的伴侣。

但人生有种种不如意。你不想苟且，可能连苟且的机会都没有。一切等待，都要付出代价，而且，不能保证结果。

婚姻也未必是美好的结局。结了婚，还可以离。认识一位姑娘，大龄单身，闺密都结婚了，她并不着急。她说："过几年，等她们都离婚了，就又跟我一样了。"

今天的婚姻跟过去不同。古代没有那么多职业选，也没有那么多对象挑。男的无非是种地、读书、做官，女的无非是纺纱、做饭、养娃，媒人介绍，父母同意，就结婚了。婚后讨论的也都是"苞米淹坏了没""娃尿炕了没"。

今天不一样。一个喜欢爱伦·坡、波伏娃的姑娘，碰到爱在朋友圈集赞、转鸡汤的小伙，哪怕再帅，也未必愿意跟他步入婚姻殿堂。

社会的多元，人和人背景的差异，消遣种类的繁多，让人在精神上越来越适合独居。

但肉体上不是。生理饥渴和情感饥渴，是独居的代价。

虽然未尝不可以用别的办法弥补，但那和美满的婚姻带来的慰藉，不可同日而语。而且两者是相悖的。爱情和婚姻一旦亵渎打碎，想再拾起来，不容易。

可以等待爱情，但它未必来。

也有等来的。我读者群里有位朋友，33岁，等到了心仪的姑娘。我跟他在南开大学咖啡馆里见过一面，他谈起女友，滔滔不绝，没有一个词是批评苛责，他说，再也没有别的姑娘像她那么好、那么懂事，他说自己从姑娘身上学到了很多。

他是有福报的人，生活自律而谨饬。我的读者群，叫晨读晚课群，建群时，提议大家每天晨读，刚开始人很多，一个月后，只剩十来个。坚持两年晨读不间断的，只有他。

他的美好经历，让我从情感上宁愿相信，好人终会遇见好事。

但理智上，我知道，自律不是好运的充分条件。没有任何事情，只有单一的原因。他是名校硕士，工作稳定，为人靠谱，长得也帅。

自律谨饬很重要。但自律本身就是自律的目的。好好生活，本身就是好好生活的目的。如果只是为“钓”一个人才好好生活，那不是自律，那是自欺。

即便其他条件都和他一样，只是把性别换成女，在 33 岁的年纪，没有工作之外的社交，想等来一段美好的感情和婚姻，挺难。无论你如何坚信自己的出色，都不会改变庸俗的现实。

于是，很多大龄单身者慢慢妥协，在看到无望收获中意的爱情时，开始犹豫，觉得如果青春换不来爱情，换来物质上的稳定也好。

没有谁在 20 岁的时候，愿意容忍伴侣的不忠贞，但到了 40 岁，很多人会默许。也许以爱的名义，其实是恐惧用青春换来的一切再失去。

不知道他们是不是幸福，他们可能觉得，幸福没有那么重要。

要认命，很简单。有人半个月相亲二十次，的确有效，两个月就领证了。

相较之下，很多大龄单身者，是在负隅顽抗。这种顽抗不是毫无代价，男性的代价是身体机能一天不如一天，女性的代价是容貌一天不如一天。但也多亏他们负隅顽抗，才让愿意等待的人更有勇气和耐心。

也许一百年后，大龄单身者不再遭受诧异的目光和舆论的压力。时代会慢慢理解，不同的人，都可以选择自己的生活方式。就像夫妻是合床睡还是分床睡。合床睡的人总以为分床睡不可想象，其实分床睡的夫妻一样可以感情甚笃。

也许未来，不复有“单身狗”“剩女”的说法。人们将互相尊重彼此的生活。但在那一天到来之前，大龄单身者，尤其是单身女，是作为中流砥柱存在的。正因为有她们，别人才会有勇气坚持下去，她们会说：“看，那么优秀、那么漂亮的人也单身，单身不可耻。”

婚姻依然重要，但并非不可或缺。生命中，没有什么不可缺席。亲情会缺席，健康会缺席，理想会缺席，一切都可能缺席，包括爱情。很多美好的缺席，对人的打击比爱情更大。

不要看到大龄单身女步入婚姻殿堂，就以为爱情终究会来。也不要看见一度甜蜜的新人撕破脸，就对爱情失去信心。每个人的生活，都和他人不一样，都是自己修来的。对爱情的理解，如果要建立在他人的感情史上，势必不堪一击。

要能够接受爱情的缺席，要能够接受一切美好事物的缺席。在有瑕疵的生命中，去尽心尽力，才有望企及真正的圆满。范仲淹有诗：“寒冒雪霜宁是病，静期风月不须春。”爱情来了，很好，不来，也不坏。

## 财富从哪里来？

小时候，县城没有图书馆，只有两家老旧的新华书店。书匮乏得可怜，却是当时我无比向往的去处。每到周末，我都一大早跑到书店门口，等待开门。不好意思让人家看出你是来蹭书看的，到约莫开门，就远远躲到修单车的铺子旁观望，等开了门，还不能着急进去，要等个五分钟，待人家扫完地，才若无其事地扮作顺路的样子溜达进去。

小县城的书店只让买不让看。“不买就别看”，是售书员说得最多的话。零花钱不够，想看的书多，能买的却有限，只能随手翻几页，工作人员来了，就马上合上，装成四处溜达，待他们走后，赶紧再翻两页，跟做小偷差不多。

那时候觉得，翻了书又不买，是很大的罪恶，占了人家便宜。这样持续了几年，到上高中时，新华书店已经门庭寥落，没人去了。后来，去广东读大学，逛当地的书店，见熙熙攘攘门庭若市，大吃一惊。原来外面的书店从来没有赶人走的例子。很多小孩到了书店，往地上一坐，一本书翻一下午。

近年春节回家，新华书店依然门可罗雀。跟一位朋友聊起，她说，小地方人没文化，爱读书的少。我说不是这样，不怪读者，很多小孩想读书，书店却不让他们读，书店生意不好，是因为不明白布施的道理。

朋友是做服装生意的。她说，入行前，觉得一件衣服一两千块很正常，不贵。等到自己设计、加工和生产，再看一两千块的衣服，觉得贵得要命。以前没做生意时，心想优衣库那么便宜，还怎么挣钱。后来做生意了，再看优衣库，觉得太赚了。她的感触很有意思，引发我对布施又深了一层理解。

觉得两千块的衣服贵，是因为了解了原料成本。各行都是这样，知道成本报价后，就会觉得暴利。有位房地产公司的朋友，说盖房子的钱只是房价的零头，很多房子根本不能住，用的是最差的材料，能省一分就省一分。不过，除去夸张的情绪，也应当明白，成本不能只从原料上看。这是现代经济学的思路，也是佛教的思路。现代经济学认为，成本不只是原材料，还有劳动力成本、资本成本、技术成本。佛教认为，事物是众缘所成，种子只是因缘，此外还有等无间缘、所缘缘、增上缘。原料只相当于因缘，眼里只有原料的作用是不够的。

在商场买一件衣服花两千块，类似品质的衣服，如果从路边摊买，可能只花五百块。但多花的一千五百块并没有糟蹋，因为不仅流水线上生产纽扣的女工需要生活，裁缝需要生活；商场里的营业员、收银员，乃至保安、物业、保洁也需要生活。这两千块里，有贡献给他们的一部分，虽然微小，但有。如果只是在路边摊买，你的花费只养活了很少的人，甚至只有摊主一人。如果人人不去商厦买衣服，商厦里的保安、物业、保洁就要失业，他们的子女就交不起学费，上不起学。一想到这里，就会觉得，虽然你只是去商场买一件衣服，却潜在地帮助了很多人。

不过，不应以为自己真的帮助了人家，施与了人家好处，那样就会生起倨傲心。正确的认识是，自己在参与人群众多的活动里扮演了一个适当的角色。实际上，我们从商场保安、物业、保洁那里受惠的次数远比施与的多。有人喜欢逛商场，周末没事，就跑去商场，衣服一件一件地试，试完不买，回家了，也没有人找你要服务费。在商场里歇脚，看见琳琅满目的商品，洁净的陈设，是很赏心悦目的，而这一切都无须付费。但整洁的环境是需要成本的，商场里的水费、电费和租金，都需要有人承担。如果一个人总是逛商场却从来不买任何东西，他就接受多而施与少，在布施关系中总作为一个受者存在。

但如果，偶尔去商场买一件衣服，吃一顿饭，就等于有来有往了。你总是接受人家的恩惠，也应偶尔回报以恩惠。这就是为何佛教认为财富是从布施中来的。因为唯有一个人有能力和愿望施与的时候，更重要的事情才会欢迎他的参与。没有人愿意和只受不施的人往来。

常人往往以为，财富从劳动中来。但有些人分明很辛勤地劳动，所得财富却有限，尤其是做小生意的人，非常辛苦，却只能勉强糊口。照佛教的说法，这里面有宿业在。你做买卖时，总把自己和他人对立起来，如果他人多得了一分便宜，自己就减少了一分，这种认识，就会令人难以从你这里受惠。久之，生意就会越来越冷清。

“生意”这个词，本来是生生不息的意思。花儿到了春天长成盛放，就叫生意盎然。那种盎然，是因为有和风、煦阳、雨露的共同吹拂、呵照和灌溉，不是仅凭一粒种子就可以长得秀挺。人也是一样，没有谁可以不从外物汲取养分而变化气质。从这里看，菩萨之所以普施众生，也只是一种报答，因为他的一切来源于众生。

过于节俭的人很难拥有财富的余裕。余裕并不是量上的多，而是观待上的从容。《周易》云“苦节不可贞”，修苦行的人很难得到正法，因为太蹙迫的外缘使修行不能从容。孔子也讲，“居简而行简，无乃大简乎”。从布施观上看，过于节俭的人福德少，因为过度的节俭会损伤布施心，而福德是布施之果。

广义的财富不仅有金钱，还有闲暇、快乐，甚至运气。常行布施的人，对金钱看得不那么重要，就不会为挣钱而奔命，如此，就易于获得暇余和好情绪，由于不太计较金钱，也易于得到他人的信赖，因为这样的品质施与了旁人无畏。

## 卧室里的匕首

十几年前，我读高中，夏天的夜晚，和朋友一起住，去门口买了个西瓜，吃完，他指着桌上的切瓜刀说：“信不信，有这把刀，我就可以把你结果了。”虽然知道他是开玩笑，还是有点不寒而栗。其实，看见刀，我也有类似的想法，只是没说。那把刀长得就不像普通的水果刀，更像凶器。

大学的前两年，中山大学珠海校区在一个叫唐家湾的小镇上，前面是海，后面是山。宿舍叫荔园，站在阳台上望，百十米外就是茂密的山和树。入学时，我爸把我送到学校，住了一晚，碰到一位室友来报到，另外两位还没来。双方家长都离校后，我和他一起站在阳台，他幽幽说了句："深山老林，杀人放火的好地方啊！"

这种念头，在常人的脑中涌出并不奇怪。比如在医院，患者正对着氧气瓶抢救，旁边只有一个人。他可能会想，只要我碰掉呼吸管，他的生命就结束了。他当然知道不要去碰，但因为察觉到自己有这种能力，依然会感到恐惧。我大三的时候，有一段时间精神压力很大，宿舍在四楼，每次回去都要贴着墙走，不敢靠近栏杆，生怕不小心就跳下去了。

有时候在地铁上，如果我握着扶手站着，面前坐着的人是光头，尤其是光得发亮像一颗卤蛋在我眼前晃的时候，我就会生起一种冲动，想用中指去弹两下。当然，一次都没有弹过，但一路忍下来非常辛苦。有时候逛街，看到女性穿得十分妖冶的时候，也会有邪恶的念头生起。

照佛教的看法，把自己打扮得妖冶是不合适的，会勾起别人犯罪的欲望，成为恶业的助缘。很多人并不认为这有什么过错，她们坚称，“我可以骚，你不能扰”。这句话的见地是成问题的。别人是不能扰，有法律的约束，但是别人可以意淫。法律约束不了意淫。意淫也会造成伤害。只是隐微难见，像搁在卧室里的匕首，虽然不用，但一把匕首自有它的气场。它的存在本身就是构成危险的条件。

人要看到潜在的种种危险，才可以更有效地避免过失。一个女实习生在晚饭后接到老记者的电话，要求去咖啡馆聊聊稿子，她该不该起戒备心呢？如果是午夜接到电话，要求她去办公室，整个公司上下没有第二个人，戒备心就很容易生起。但如果是刚吃过晚饭，又在人很多的咖啡馆，她就有可能把自己的戒备心看成神经质，当脑子里不好的念头一闪而过时，她可能觉得自己比较傻过于敏感才往那方面想。但晚饭后和午夜，咖啡馆和办公室之间的距离有多远呢？稿子聊到一半，咖啡馆打烊，时间就从晚饭过度到了午夜，地点也自然转到了办公室、酒店，或者家里。

危险并不是静态的东西，而是诸多变动不居的有形无形的条件聚到一起。依佛教的看法，一切事情都是众缘和合。危险也是如此。它并不是像个大花瓶，摆在那里，谁都能看见。更像是从天亮到天黑，之间找不到一道泾渭分明的界限，你就已经被黑暗包裹了。

假如在那个吃西瓜的晚上，我和朋友因为什么问题争吵起来，吵到激烈的时候，刀就不一定是刀了。只是，仅仅有激烈的争吵，并不足以改变刀的性质，还需要额外的条件。比如，我和朋友之前就有隔阂、有夙愿，埋在心里已经很久了。你看夫妻吵架，单单有一件事情，总不至于吵得太激烈。激烈往往是因为吵着吵着就把以前的旧账翻出来。只要有过一次旧账，旧账就永远在，即便不在嘴上提起，也会埋在心里。用佛教的说法，是在阿赖耶识里埋下种子。一个人所做的任何事情，都会对未来起到永远无法磨灭的影响。单有刀，不是危险。有刀有争吵，危险也不充分。刀、争吵、宿怨，三者凑在一起，危险就渐渐具体成形了。

过去研究风水的人比较在意这些，他们会把可能造成不吉利的外缘事先摒除掉。比如，不要把刀、剪放在卧室，这样，即便是夫妻吵起架，也顶多是摔摔枕头，造不成严重的伤害。这样做是一种防范，预料到自己可能会有理智不在场的情况。

要意识到，无能对大多数人来说，是一种保护。只是人们多着眼于无能的制约，未着眼于无能的保护。一个人能力越大，犯下错误的毁坏性就越大。让他远离犯错误的条件，就越必要。今天，由于技术的方便，很多逾出个人能力的事情也成为可能，这令很多人的生活陷入一团糟。一个完全不能养活自己的女孩，只要拍下裸照和身份证，作为质押就可以借到钱。谁一旦选择这么便宜的事情去做，生活就在泥淖中越陷越深了。

人永远不能高估自己和他人的理智。你预计不到什么时候理智会离场。实际上，人往往会根据周围有什么条件来决定自己做什么事，而不是根据它该不该做。

当一件事情发生的种种机缘恰好摆在你面前时，会有一种冲动撩拨你去做这件事情。有人愿意给你投资，又有技术团队、产品团队愿意跟着你干，销售渠道也都有，你明明知道项目不合适，很有可能还是会去尝试，你觉得凑齐这么多条件不容易，不把握住，就浪费了。

一个打算改过自新的惯偷，看到地铁站有人钱包露在外面，唾手可得又不会被发现的情况下，想克制住不偷的冲动是很难的。这时候“得心”生起了。对绝大多数人来说，只要能提供足够的条件，把他们带到特定的氛围里，就可以成功引诱他们做出原以为自己肯定不会做的事。

在大牛市时借钱炒股的人，在楼市高涨时贷款炒房的人，很多都是这样。泡妞的人，也未必一开始就打算这样，只是到了特定的环境和氛围下，希望有些刺激的事情发生来冲淡生活的乏味，事后却后悔。这就是条件和氛围促成事情的典型。人有弱点，就会被别人利用。被人利用而不自知，是世界上大多数人的常态。

小时候，我在《老人春秋》上看过一篇文章：《自尿自饮使我走上健康之路》。这篇文章让我很震惊，所以一直记到现在，不意前天又在网上看见报道，说今天仍然有“尿协”存在。尿协，就是大家一起喝尿的协会。专家早就指出，喝尿没有什么好处，尿里只有尿素、水和一些废物。但是他们不信，他们说，我们喝我们的尿，你们不要管。

任何一种东西出来，无论它是多么荒诞、多么不合常情、多么没有逻辑，依然会有它的拥趸。这就好比一把匕首放在卧室，只要你能想象出来这把匕首可以做什么，就永远无法排除危险的发生。如果每家每户都放一把匕首在卧室，所有你能想象出来的事情，都会发生，很多你完全想象不到的事情，也会发生。所以，永远不要轻信理智，最妥善的方法，就是远离一切恶缘，让不好的事情根本没有发生的条件。

# 谁的风生水起都不会太长久

成龙不红了。

成龙拿了奥斯卡终身成就奖，在演艺圈刷爆了，在朋友圈无人问津。

他的微博，转发的人寥寥无几，完全不能跟王宝强事件比，也不能跟舒淇结婚比。

成龙上次红是什么时候？ duang 的时候。那是两年前，现在大家也不 duang 了。再往前，是他儿子房祖名出事的时候。

如果把时间往前推二十年，成龙可是大红大紫。不识字的老头都认得他。

那时候，乡下还兴放电影，谁家孩子考上大学，或者盖了房子，就会从几十里外请来人，拉起一张大幕布，一个村里的人都来看，附近村里的人也蜂拥而来。最爱看谁的电影？成龙。

VCD 刚出来，光碟出租店一夜遍布全国。去租碟，挑电影不看名字，只要是成龙演的，全部拿来。就像租武侠小说，也不看名字，只要是金庸写的就行。后来，出现很多“金庸新著”，作者金庸新。

那可真是大 IP。

毕业季，流行签同学录。有人偶像一栏写：成龙。座右铭：生命在于运动。

现在不行了，那帮喜欢成龙的人，都不看电影了。他们仿佛从网络世界消失了，不用微博，朋友圈倒是有，偶尔转一条“毛泽东晚年最发人深省的十句话”。

在成龙大红大紫的时候，提到首富，人们想到的是史玉柱、唐万新，甚至牟其中，今天的人，对这三个名字一个比一个陌生。所以，你就知道，成龙不可能再凭电影红起来了，只能凭duang。上蹿下跳的戏，只能吃一阵子，不能吃一辈子。

罗玉凤前些年也是红人。她带着团队到中山大学征婚时，我还在中山大学读书。后来她去了美国，慢慢就不红了，逐渐消失在人们的视线里。当时和罗玉凤齐名的，有一位芙蓉姐姐，现在不大抛头露面，几乎被人忘掉。

去年夏天，罗玉凤成为凤凰新闻客户端主笔，又爆红一把。她的第一篇稿子是我编辑的。但当上主笔后，她写稿的频率很快就降下来了，人一红了，就会有广告商找上门，有书商要出书，有各种机构想邀请去做活动，写稿就不挣钱了。

她说要解决在美国的身份问题，拖了好长时间不写稿。直到最近开了公众号，为了涨粉，写稿热情一下激发出来，有时候一周发四篇。效果怎么样呢？头三篇，非常火爆，涨粉七万。第四篇开始，就慢慢滑落了，现在虽然更新非常勤，每个热点都跟，在文章里教育了好多次王思聪，阅读量依然上不去，只能在两三万之间徘徊。

Every dog has his day.

我们每个人都有风生水起的时候。这是事实。另一个事实是，没有谁能够永远风生水起，风生水起只是一阵子。

小学时，有个很有意思的现象：每学期，都会有某位同学成绩突然起来，数学考 100，语文考 90，连着几次全班第一，你就想，这人好牛啊！但很快，成绩秃噜下去，再也没有什么起色。

到了初中，每学期考年级第一的人，都会站在开学典礼的主席台上发言。但发过言的人，一两年后，都因为种种原因，成绩慢慢不行了，后来也就考个二本。

是什么原因让一个人突然风生水起呢？

不是个人努力，也不是历史进程，是偶然的业风吹动。

对，就是莫名其妙地，在某个阶段，你会发挥出最好的状态，甚至超越你本来可以达到的最好状态。这个时候，极其关键。

用佛教的话说，这是宿业暴露的时候。一个人有机会扭转业力、变化气质，就是在这个时候。恶业涤除，善业酿成，慢慢地，就跟以前不一样了，脱胎换骨了。

但很多人，此时此刻，并不知道它有多关键。他以为既然有了那个状态，以后就永远有。即便不变得更好，也不会变坏。

直到慢慢发现，自己这辈子再也难以达到当年的高度，才晓得，那是人生的巅峰。

年纪轻轻就看到巅峰，是一件很悲哀的事情。你眼睁睁看见以前抵达的地方，今后再也无法超越。

比较幸运的是像成龙这样的人，巅峰期持续了将近二十年，那也没有太大遗憾了。拿不了最佳男主角，但能拿终身成就奖。一个人，能红二十年，相当不容易。

每个人，都有荣誉加身、众人瞩目的时候，只是对平常人来说，往往是 20 天，甚至是 20 小时，然后就会迅速被忘掉。

是否被别人忘掉，不重要。重要的是，自己能否把握住契机，迁善改过，励力精进。非同寻常的状态是最好的修行机会。

禅宗修行讲三关：初关、重关、末后牢关。往往弟子觉得悟了，去找师父，师父暴打一顿：早影儿着呢。这是初关。在初关不能懈怠，初关意味着你已经达到前所未有的最好状态，你以为这是顿悟，其实只是开头。

写书法、下棋、打球，这些日常生活中极常见的事情，都可以反映一个人的状态波动。有段时间，我打台球，不用瞄，怎么打怎么进洞，看起来很邪门，不要以为那是水平高，那只是状态对了。很快状态滑落，怎么打怎么不进洞。

状态对的时候，李广能射中石头；状态不对的时候，陈凯歌能拍出《无极》。看一个人的本事，不要看他状态平平的时候，要看他巅峰期的水平。巅峰期的高度，定义了他的水准。

常人要做的，就是在平时攒足功夫，静候巅峰期的到来，再死死抓住，让巅峰期变成平常期，这样，就可以突破天花板，再冲击下一座巅峰。禅宗把这叫作“百尺竿头，更进一步”。明末高僧莲池大师有一本书《禅关策进》，就是在最艰难的关口，屁股后边加两鞭，奋力挺过去。

人一辈子做的绝大多数事情，是为关口绸缪的。很多精力和心血，不是花在突破关口上，而是花在通往关口的路上。就像玩俄罗斯方块，纪录是 10 万分，要想突破，最要紧的是在 10 万分的地方不跌倒，但更冗长的是逼近 10 万分的过程。

菩萨的修行里，有个词叫“阿鞞跋致”，意思是不退转。能入阿鞞跋致，就不用担忧了，再差也差不到哪里去。人的事业和生活，也有很多非常时期，非常时期是取得突破，从一种境遇转向另一种境遇的关口，能转过身，以前难以企及的境界就变成了常态。

人要习惯否定常态，在对常态的否定中，越来越容易逼近关口。陈鲁豫采访王健林，问他做企业感觉怎样，王健林说：“如履薄冰。”陈鲁豫问：“是以前如履薄冰，还是越来越如履薄冰？”王健林说：“越来越如履薄冰。”

为什么如履薄冰？因为只要你在向上走，从前的经验往后都可能变成制约。正因为经历过很多次如履薄冰，一个亿就变成了小目标。唯有不断在关口策进，在百尺竿头把力量用对，才能逆流而上，突破重关。

## 说一切都是为你好，是骗你

有位结婚五年的妻子，坚信丈夫爱自己，某机构就对她丈夫做了个钓鱼实验，派一位身材曼妙的姑娘去搭讪。妻子通过远程监控观看。

姑娘装作问路，走进丈夫的杂货店。丈夫指完路，姑娘说："其实我不是要问路啦，我是想跟你搭讪，你好帅。"丈夫笑。姑娘问："我漂亮吗？"丈夫说："当然。"姑娘说："要不，咱们约？”丈夫说：“好啊。”

监控室里的妻子，脸上露出愤怒。姑娘问：“你有女朋友吗？”男人犹豫了一下，伸出戴婚戒的手。妻子舒了口气，嘴角上扬，露出微微笑意。姑娘又说：“噢，原来你结婚了，那你还愿意跟我约吗？”男人说：“当然。”妻子脸色煞白，骂道：“婊子！”

姑娘问：“你妻子介意吗？”男人说：“不会，我的意思是，不会让她知道。”姑娘说：“你是说，你老婆不在的时候就能约？”男人说：“没错，我老婆现在就在出差。”姑娘说：“那太好了，我今晚就能约你？”男人说：“是的。”姑娘问：“你家有避孕套吗？”男人说：“当然。”监控室里的妻子已经抑制不住大哭，边哭边骂：“该死的婊子！”

当天下午，她丈夫果然拨了姑娘的号码。

视频到这里就结束了。十有八九，那位哭得一塌糊涂的妻子不会离婚。她可能会把视频摔到丈夫面前，逼他发誓，下不为例，再给他一些惩罚，通过惩罚来说服自己，他还是爱我的，然后把这件事情藏起来，当作从未发生。

这并非出于宽容和谅解，而是出于懦弱和欲望。

这个女人的过失，比男人大。

她从头到尾，都没骂过丈夫一句，却一直骂做实验的姑娘“死婊子”。

别人没有任何错。

有一种观念很难建立起来，听起来是严重的政治不正确，但那是问题的要害：如果你的伴侣被第三者勾引走了，是伴侣的错，还是第三者的错？

都不是，是你的错。

对妻子来说，那种丈夫是不能要的。但你放心，她一定舍不得她的丈夫，哪怕他出轨。所以，她从头到尾只骂别的女人是婊子。

在大学校园里，我亲眼见过男生劈腿，女朋友在路上堵住小三打，男朋友护小三。女生一边哭，一边要砍小三，不砍男朋友。

不是她的错，还是谁的错？

她被那个男的吃定了。吃定了，就毫无吸引力了。你让自己对伴侣没有吸引力，不是你的错，是谁的错？自己不能保证永远有吸引力，至少可以保证离开他吧？

正确的做法是什么？看到视频，二话不说，起身，回家，离婚。

但她铁定做不到。为什么人的眼里容得下沙子？因为克服不了自己的欲望。

想要一样东西，舍不得，就会被牢牢套死。

注意，当丈夫向钓他的姑娘露出婚戒时，妻子愤怒的脸突然舒展，露出自负的微笑。这一笑正是她最可怜的地方。

丈夫是什么样的人，并不因为这场实验而改变。如果你的情绪只是因为了解到真相而崩溃，错误一定在你。

很多人因为不敢面对真相，所以看不到真相。

女人如果肯直面真相，一开始就不会和男人结婚。那样，也许只能找个又丑又穷，完全不解风情的人嫁掉。

男人也一样，如果他知道面前火辣的姑娘是来钓他的，一定非常生气。可惜他不知道。

但凡动动脑筋，想想自己这样一个猥琐大叔，怎么可能有十分漂亮的姑娘在毫无缘由的情况下投怀送抱，就能识破骗局。

男人之所以出示婚戒，并不代表对妻子忠贞，而是想省却麻烦。这是个逆向筛选机制。他想白捡便宜，让姑娘跟他睡觉但不因为他隐瞒了婚姻而大闹。他妻子误解了这点，所以才露出自负的笑。

很多难以承受的痛苦，源于不敢接受真相，又在不经意间看见了真相。

一事无成的人，爱听别人说他有本事，他急切需要这种声音。这个看杂货店的男人，急切需要一位身材曼妙的姑娘投怀送抱，借此证明自己的魅力。

屌丝永远相信自己会被女神垂青。这正是他们成为屌丝的缘故。他们唯一能证明自己不是屌丝的手段，就是女神的垂青。

但凡属于自己的，都是自己应得的，但凡不是应得的，都不会属于自己。

女人的愤怒，不是丈夫的背叛，不是自己不能掌控丈夫的心，而是不能控制自己的欲望。她想要的一切，都要靠丈夫赐予。但是，别人赐予的，终究不是你的。

因为愤怒而骂“我真是瞎了眼”的时候，是最接近真相的时候。真相就是自己瞎了眼。但骂归骂，骂完还是不信自己瞎了眼。

街头常有“重金求子”的广告。有年轻的少妇陪你睡觉，还倒贴你一大笔钱，这种骗局永远有人相信。这和电信诈骗还不一样，骗局有技术驱动的，有信息驱动的，有欲望驱动的。“重金求子”就是纯粹的欲望驱动的骗局，在这种骗局里上当，只能说活该。

如果你碰到一件事情完完全全都是对你有利，你应该想：这件事对别人有什么利？这么好的事，凭什么落到我的头上？如果听到别人讲一句话：我都是为了你好。他铁定是在骗你。

讲这句话，会造很大的业，甚至只是想想都会造很大的业，因为它完全隐藏了真相。

一个大叔手把手教小姑娘，可能是完全为她好？如果只是为了让小姑娘替自己干活，那就谢天谢地了。中年谢顶的男人为什么爱对小姑娘实习生讲为人处世的道理，他怎么不上大街上摆摊儿给过路的人讲为人处世的道理呢？

一个男生追姑娘，给她送花、送手机、刮风下雨接送得无微不至，要说完全是为姑娘好，那是鬼扯。如果一个人对另一个人好到变态的地步，他肯定是变态。

菩萨度有情众生，从来不讲“我是为了众生好”，想都不那么想。实际上，菩萨之所以度众生，全是为了自己好。

菩萨在无明住地的一切烦恼，都来自众生，度众生是菩萨断烦恼的需要。为了自己断烦恼，才去度你。菩萨的意思是“觉有情”，觉有情、度众生、断烦恼、证菩提，四个词指的完完全全是一件事。众生和烦恼，是同义词；度和断，是同义词。自利和利他是一件事，自觉和觉他是一件事。通过利益众生，来利益自己，这是消除自他对立的过程，也是破所知障的过程。菩萨心里很清楚：我所做的一切，归根结底，全是为了我自己。

我关心你，照顾你，为你担忧挂念，本质上，都是为了自己好。跟别人讲，“我都是为了你好”，是欺人；自己这么想，是自欺。

要相信，别人为你所做的一切，都是为了他自己。这样就不会轻易被人感动，也不会轻易对人失望。我接受你的关心，是对你的恩赐，赐给你爱别人的机会，我拒绝你的关心，是对你的呵护，让你免于陷入情感的执着。

同时，要相信，自己为别人所做的一切，也都是为了自己。我去关怀人，是恳求他给我学习爱的机会；我去帮助人，是请他给我积攒福德的机会。这样就不会对外物抱有期待，也不会对生活失望。

# 沉住气，吃硬饭

有作者发来文章让我提意见，我看了一眼说："先改三小时。"她说："不知道该怎么改。"

我说："不知道不要紧，把电脑打开，对着文档，坐三小时，不要动，也不要干别的，三小时过去，就算一个字都没改，也有长进。"

这比写作技巧重要。我所有的写作技巧，都是从这种办法中生出的。人家告诉你怎么改，永远是人家的判断。那样改下去，文章只能成为对别人的模仿。

一位产品经理说，最有效的学习方法是，找到想研究的领域最牛×的人，用一切要脸不要脸的方法接近，了解他们的优缺点以及成长轨迹。

他的说法只适用于初级阶段。再往后，你会发现自己进入细分的领域。在你的领域，你就是最牛×的人。你还去接近谁学习谁呢。你研究的东西和别人研究的东西总是有一点差异，就因为那么一点差异，别人能用的技巧你不能用，别人用起来很顺溜的技巧，到你这儿成了拙劣的模仿。这种差异往往包括时间。你上次用着很顺溜的技巧，下次就不顺溜了。

因此，一篇文章、一款产品最重要的问题，永远不可能由别人指出。别人指出，是不痛不痒的。必须得自己发现，如人饮水，冷暖自知。一鞭一条痕，一掴一掌血。

我写稿子的方法很简单：4000 字的稿子，看起来已经尽善尽美了。我会在文档开头写两行：第一，删到 2500 字。第二，三小时后再发。

三小时后，原来的 4000 字只剩下 1000 字，在删改的过程中又添加了 2500 字。这 3500 字，显然比以前的 4000 字好，删去的是相对差的，新添的至少不会比留下的差。但它仍然没有满足第一条目标，怎么办？把最早的两行目标去掉，重写两行：第一，删到 3000 字。第二，两小时后再发。每篇稿子，重复三到五遍这个过程。

过了半年，再看之前的文章，会觉得怎么这么烂，简直是一坨屎。

这就是长进。

但在当时，无论如何，没有能力把它改得不像一坨屎。一篇文章的水平，从根本上讲，取决于作者的见地、阅历、知识储备、涵养、气质，等等。一篇 2000 字的文章，写得再慢，也很难超过一星期。但人的气质在一星期内，不可能变化太大。

把时间轴放大到半年，就能看见气质的变化。这种变化源自你总是在寻找自己的不足。

半年后，你会发现，当时根本不该写那篇文章。不是怎么写才能写得好的问题，而是有没有必要写的问题。一个平庸的产品经理，做一款产品，想得最多的是这款产品该怎么改进，等过了几年，成了牛×的产品经理，再回顾以前做过的案例，脑子里的第一想法往往是那个产品当时根本不该做。

要想实现这种变化，唯一可行的，是把现在的自己看得一无是处。

但这点其实做不到。哪怕你努力去否定自己，否定自己的立足点也是自己。你对自己的一切否定，都建立在现有的判断认知之上。所以，连否定本身，也是固执的坚持。就像人不能揪着头发把自己提起来。

不过，有个裂罅可以撬开，就是否定本身。你可以先否定自己的一部分，用业已改变了的一部分去否定另一部分，再用新否定过的部分去否定先前的部分，就可以渐渐脱胎换骨。

唯一需要坚持的认知，就是自己很差劲。具体怎么个差劲法，都是假的，但差劲本身，是真的。

能看见自己一无是处，就是很大的长进。这不是自怨自艾，不是自卑。而是把“看见自己一无是处”当成最大的成就，令其他一切成就相形见绌。

一个可以走得远的写作者，乃至一切领域，可以不断精进的人，都要经过这条路。

有些问题可以请别人指出，比如 Mac 电脑的截屏键是什么。这种问题一经指出，一劳永逸。但有些问题不能。比如问别人，自己的缺点是什么。

这不是诚恳求教的态度。由于你的客气，别人就不好意思说了，就会放着你的大缺点不说，告诉你小缺点。你一听，噢，原来我的缺点这么小，真不算啥，高高兴兴回去了。

想通过这种方式发现问题，是缘木求鱼。一个人找别人问自己的缺点，尤其是那些很虚的缺点，而不是具体的操作的话，很难讲是百分之百出于迁善改过的心，多半包含了想向别人展示自己虚心求教的品质。

张三去问李四："请你告诉我，我的缺点是什么。"李四说："嘿嘿，你的缺点呀，就是你是一个大傻×！"张三急了："去你大爷，你才是大傻×！"

李四是个好老师，张三问缺点，李四就诱导他把自己的缺点端出来了，但张三看不见，还对李四一肚子气。

写文章跟这一样。小毛病可以由别人指出，但最大的毛病，一定要自己亲眼见到，要自己建立是非，建立审美和判断。但这种建立，其实是不断破除的过程，非常之难。

那位作者，听了我改三小时的建议，过了一小时，就把文章重新发给我，说改完了，真改不动了。我当时没回，过五分钟，发现文章已经发出来了。这是什么感觉呢？就像憋着小便往家赶，走到家门口，尿裤子了。

难的不是写文章，难的是沉住气。写文章永远很简单。能沉住气，哪怕天资欠缺，文章也有望写好。沉不住气，就没指望。

《楞严经》讲，说食不饱。一切事情的难，不在见，在修。道理说起来简单，做起来难。之所以难，是因为它不是简单粗暴的标准，而是处处有矛盾，要在矛盾中求得平衡。一切具体的细节，一切技巧，都在矛盾中衍生出来。

有志写作的人，需要同时知道两点：第一，写作非常重要，唯有只关心写作，不关心其他，才能有望写好。第二，要想写好，必须在写作之外用力，只关心写作是绝无可能走远的。

能写得好的人，就是能消除这两者表面上矛盾的人。如果只坚信其中一点，永远都不可能突破。不过，十之八九的人，只要坚持一点，就会排斥另一点，于是始终不能长进。

要明白，此刻的自己对世界的理解，是完全错误的。自己的见地，是很成问题的。这不是谦虚，更不是装出谦虚的样子来博得赞誉，而是真真切切地体会到。

修行的过程，就是消解这种对立的过程。发现先前的理解全错了，现在的理解也错了。在一切的错当中，包含了真理。真理就是对错本身的觉悟。这时，你会意识到，你的职业、生活，一点都不重要，重要的是修行。同时，你的职业、生活又很重要，因为那就是你的修行。

## 工作的真相

很多人喜欢转周一的梗。这表示他们的周一并不忙，忙起来是没有时间转段子的。同时也表示周一并不令他们讨厌，因为有段子看是轻松愉快的。

有那么两三年，我挺喜欢周一。一旦上班，就可以歇歇。对很多清闲的工种来说，上班意味着刷刷朋友圈、看看股票、喝喝茶，甚至斗斗地主。

很多人放假比上班累。只要上班，就起居定时，饮食有节，连上厕所都规律。一旦放假，生活就紊乱了，熬夜打游戏，睡到中午醒，胡吃海塞闹肚子，奉陪各种应酬。

如果你工作日去公园、咖啡馆逛逛，就会发现，很多人的生活并不像传说的那么蹙迫。同样在北上广深，有人很忙，有人很闲。这种差别，选择起了很大作用。我有个同门，上学时每年考各种证：证券从业资格、期货从业资格、注册会计师、特许金融分析师。后来果然，干了审计，每天十点后才下班。

以为人生的压力来自工作，是很大的误解。毋宁说压力来自禀赋、三观和所处环境的冲突。禀赋是不易改变的，三观是禀赋和环境共同塑造的，环境的改变则相对容易。虽然移民这种大环境的改变挺难，但搬家、改行，以及选择交往对象这些小环境的调整则不难。一个人在毫无存款的情况下，突然选择去拥有一套三百万的房子，并根据房贷确定每个月的任务量，然后觉得压力是工作给的，这就糊涂了。

人并不是在逼迫下才可以激发出动力。用智和用力是不同的。用智的工作，压力逼迫只会令结果更糟糕。人的很多烦恼源自不肯承认自己的平庸，以为有压力就有动力，在压力的逼迫下就可以达到期望值。既然期望没达到，他就以为是逼迫不够，工作中百分之九十的压力都是这样产生的。实际上，给一匹马再大的压力也跑不过高铁。

“认识到自己的平庸”和平庸是两码事。前者甚至是美德。“三人行必有我师”，看到别人的长处，其实就是认识自己的平庸。它和“认识自己的天分”也不矛盾。二者统一于对自身的了解。任何人总是兼有所短和所长。当一个人肯正视自身所短的时候，就不会傻呵呵地采取简单粗暴的方式逼迫自己，转而会寻求可能的路径和调整相应的期望。

假如一个人不了解自己视力差，他可能期望成为射击手。越来越清楚自身的局限之后，就会换个更加适合自己的领域。但不智慧的人，仅仅因为从小看过动画片，崇拜其中的神枪手，就立志要走这条道路。他总是提醒自己“不忘初心”，追求梦想。但他其实不明白什么是初心。如果仔细去分辨幼年对神枪手的崇拜，就会发现来自神枪手受很多漂亮姑娘的追求。

总拿梦想刺激自己的人，很可能缺乏自知。梦想和欲望之间的界限过于暗淡，必须经由对自身和万物的理解才能辨明。梦想是块遮羞布。很多羞于启齿的东西，拿梦想装扮一下再示人就体面多了。但不自欺很难。清醒的人应如是思量：“我是个普普通通的人，并没有过人之处，我从事的工作也谈不上崇高。哪天我死了，地铁依然会按时发车，大街上依旧人来人往。我的劳作，对世界没有重大意义，我重视它，只是为了让自己保持热情。”

若不如此提醒，人就会渐渐把自己看得很重，越来越认为自己的工作无比重要。但在别人眼里，你的工作可能只是闹着玩。我毕业那年，有家烟草局去学校招人，年薪二十万，招会打篮球、唱歌、演讲的。他们并不需要你懂经营管理，只需要你在爬山比赛、足球篮球赛和各种晚会上拿奖。从事那种工作的人和做资产定价的人，对工作的理解怎么可能一致呢。

正事有时候不是正事。闹着玩有时候是很大的正事。领导脑子一热，有个想法，大家轰轰烈烈干了半年，累得吭哧吭哧的，发现赚不到钱，就撤了。正事就变成了闹着玩。平时闹着玩，偶然赚了钱，领导说这个好，应该认真做，就变成了正事。

用钱去衡量工作的意义，就很容易陷入这种循环。思考力欠缺的人，除了挣钱多少，很难再想出别的尺度评价工作的意义。在庸俗的思路下，只要赚钱，狗屁都是战略；只要不赚钱，战略都是狗屁。

钱穆在谈到魏晋南北朝的僧侣时，说他们属于贵族阶级。理由是他们吃供养，不工作。吃供养的僧人，哪怕吃得再差，也要当贵族看。这个想法很有见地，它隐含的前提是：人，而不是钱，是万物的尺度。

收入对工作来说，是十分次要的。工作最重要的意义，是安排人一生的时间。就像选择枕头中的填充物，人通过工作，选择自己一生有多少光阴在何等环境下以何事为内容来度过。如同打游戏要设定角色和规则，工作设定了常人生命中三分之二以上的时间。如果缺乏必要的设定，生活将陷入巨大的混乱和恐慌。

想象一下小孩为什么需要上辅导班，就能明白大人为什么需要工作。我小时候，根本没听说过辅导班。今天上辅导班成了天经地义的事。辅导班的真正意义是什么呢？是安顿好小孩的时间，把大人解放出来。

成人工作的意义与此类似。如果不拿工作来限制住盛年人的雄心，不拿挫败来磨平他的棱角，他无处发泄的血气就势必转移到别的事情上。

常人缺乏自律。一旦可以自由选择，他一定会把自己引向很糟糕的地方。小孩如果可以自主选择上学或去游乐场，没人会选择上学。上学的回报在远期，去游乐场的回报在近期。平素很少吃自助餐的人，突然面对山珍海味的自助，鲜少有人不吃到过度。一旦过度，就伤害了脾胃。但脾胃的痛苦是滞后的，而口腹之欲是当前的，常人缺乏远见，总会牺牲长远来满足当下。

因此，必须有外在的约束来限制他，才能令社会有序。哪怕早起给一个人带来很大痛苦，但一想到生活和房贷没有着落，他就会在第三次闹钟响起时努力钻出被窝。这正是和天生的怠惰相抗衡的素质。人的生存，必须激发这种素质，否则生命就灰暗呆板。只是自律的人是主动激发，不自律的人是在环境逼迫下激发。

每月到手的收入只是假象，它远非工作的根本意义。收入并不值得人将生命倾注其上。到底什么是正事，绝大多数人终其一生都没办法想清楚。但不要紧，无论能否想清楚，任何工作都有助于将生活导入有序。

一个上班族在绿灯亮起的刹那，抢先冲过马路只为挤上早一班地铁的时候，他作为活生生的人的能动性就发挥出来了。在地铁上觑准要下车的人并抢到座位是十分有成就感的。并不是他的肉体渴望坐五分钟，而是他的精神渴望适时投入战斗，然后才能对自身存在的意义有所肯定。

创造的本质，是基于万事万物已为自己所知的规则，去探寻更加隐蔽的规则。正如去陌生的地方要从熟悉的地方出发，要发现更加隐蔽的规则，必须对现成的规则十分熟稔并遵循之。这种熟稔和遵循正是自律。一个能创造的人，也许在生活作风上不检点，但在他有所创造的领域，一定是高度自律的。对富有创造力和自律精神的人而言，工作不是束缚，是天生的冲动令他不得不如此。

创造对人有极大的吸引力。它是让人摆脱终极束缚的唯一途辙。人的肉体无时无刻不面临生老病死的忧患，唯有将精力倾注于创造，才可以忘掉忧患，从生老病死的有限有穷中解脱。杜甫漂泊在湘江的小船上吟出“无边落木萧萧下，不尽长江滚滚来”的时候，他的生命便被永远熔铸，从而摆脱了肉身的寿限达于不朽。

# 体面，禁忌，政治正确

有朋友讲：“一个人就算死于 SM 又怎样？就被认为死得不体面。”

和这位朋友类似的观点，在许多不同的平台都看到了。因此，我想聊聊对体面、禁忌、政治正确等问题的一己理解。

体面，是面上好看。衣衫褴褛不体面，衣着整洁体面；大小便失禁不体面，健康阳光体面。体面，是面上呈现给人舒服的感觉。体面不是高级、光荣，不体面也不是低级、可耻。我平常穿着不讲究，如果穿汗衫、裤衩出现在庄重场合，就不体面。但这不意味着我比穿正装革履的人低级。

体面也和场合有关，穿汗衫、裤衩去菜市场买菜，就没有不体面。但新郎在婚礼上那样穿，就不体面。

SM，通常是私密的行为，不是摆在台面上的，那就谈不上不体面。但如果有人死于 SM，并且受到议论，私密的事就变成了公开的事，那就不体面。说不体面，是对事实的判断，而不是对道德的评价。

“死于 SM 而被议论”，这种行为是谁发出的呢？议论者发出的。因此，最不体面的是议论者。但是，由于议论者是群体，是很多人，人们记不住每一个议论者，却记住了被议论者。当不体面的主体被模糊掉之后，只剩下客体，客体就和不体面联系在一起了，被动地承担了不体面。

这就好比，张三从楼下走，别人从六楼倒尿盆，倒到张三头上，不文明的行为是倒尿盆的人做出的，但是，你不知道是李四还是王五或者赵六倒的尿盆，街上的围观者只看见张三淋了一头尿。张三就承担了这种不体面。

我昨天文章里说，“真正的不体面并非属于乔任梁，而属于那些期待看见乔任梁不体面的人”，就是这个意思。

一切事情，都是众缘和合的结果。上大号，本身不是不体面。弄到裤子上，就有一点不体面。在隆重的颁奖典礼上，突然内急，并直播下来，就很不体面。人家会说，这人紧张得屎都出来了。

本来一件正常的生理现象，由于众缘和合，呈现出不太好看的样子，就是不体面。它和道德，没有直接的关系。

不体面，是一种相。凡所有相，皆是虚妄。但我们往往会执着在相上。

说说禁忌。不是性成为禁忌，而是性天然有禁忌在。

为什么？两个人在公开场合握手，就体面；在公开场合性交，就不体面。这就是性的禁忌。说性有禁忌在，不代表性是可耻的。

在人类社会的很多阶段、很多场合，性是禁忌的。这不是坏事，是好事。因为微观层面上，个体的举动会影响宏观层面上的社会秩序。

一切都要考虑时空因素。禁忌也一样。禁忌分时代，分场合。

去年三里屯传出艳照门视频，一对男女在试衣间性交并录像，这就不体面。

佛教讲邪淫，以区别于正淫。淫有邪正之分。所谓邪，就是时间不对、地点不对、人不对、部位不对。在刀耕火种的原始社会，当众性行为就没有那么不体面。

究其实，到底什么叫不体面？

我的理解是，不体面是能引发别人不洁联想的举动。用佛教的话说，如果一种举动能成为别人贪嗔痴的增上缘，它就不体面。换言之，你的行为令别人不舒服，或者说，以不好的方式打破了别人内心的平静。

吐痰不是不体面。但随地吐痰就不体面。不过，随地吐痰，也有具体的业相差别。同一口痰，吐在同一个地点，到底有多不体面还取决于是不是有人看到，什么人看到，多少人看到。

比如你感冒，正走路，突然一股浓鼻涕倒吸到喉咙里，如果旁边有人，你忍住不吐，虽然自己感到恶心，但这是体面。你当着你爸爸的面吐了一口痰，是小不体面。当着尊贵客人的面吐了一口痰，是大不体面。

如果旁边没有人，你吐在泥土上，或者下水道里，不体面就微乎其微了。

这不是虚伪。泥土完全有能力分解掉你的痰。吐痰在泥土上的过失，主要不是来自环保，而是来自不雅的举动让人不舒服。剔牙时，小心翼翼拿纸巾遮住，就不算不体面。堂而皇之地剔，唾沫星子喷一桌，剔出的韭菜丝吐到两米外，就非常不体面。

所谓体面，是懂得时时处处照顾到别人的感受。同样是死亡，穿着洁净崭新的衣服，寿终正寝，就十分体面。这种体面并非是死者自己舒服，而是最大限度地减少周围人的不舒服。

我们生活中有很多不体面的事情。比如，当众打情骂俏，在几百人的群里吹牛炫耀自己的渊博。你所做的任何举动，都有可能影响到别人的感受和情绪。当众打情骂俏、装×、秀恩爱，自己很舒服，别人不舒服。

同样，在朋友圈刷屏也不体面。尤其你的刷屏对他人构成打扰时。但今天，很多公司强行要求员工必须在朋友圈发广告，一天要发够多少条。这是竞争的需要，但它把人逼得不体面。

作为一个人，要尽量去理解他人的不体面。理解他人的不体面，本身就是体面。聚焦于他人的不体面，并抉摘出来，是更大的不体面。

昨天，有很多自媒体写乔任梁，也有很多读者骂他们消费死者：为了几万点击量，去吃人血馒头，太没良心了！

我也收到这样的批评。但这种批评的见地是有问题的。要搞明白作者和读者的角色，是谁在生产，谁在消费。可以讲作者生产人血馒头，为什么生产？因为读者爱吃。

阅读量的高低，到底取决于作者，还是取决于读者？没有一个读者爱看热点，作者会屁颠屁颠地跟？

我平常总是向读者安利佛教的东西、儒家的东西，没几个人吃，一安利王宝强、乔任梁，读者纷纷吃得很香，吃完骂一句：“这个作者呀，太没节操，净吃人血馒头！”

现在很多网页上有个性化广告，有人页面上总是出现色情广告，他大骂：“做网站的人太没良心了，总是给我推荐色情内容。”他不知道那些推荐是数据库根据他的点击偏好算出来的。

我昨天说，很多人喜欢逼良为娼，再骂人家是婊子。这话还不够味。够味的表达是：很多人喜欢嫖完人家，提上裤子说，你呀，小小年纪就干这个，不学好呀，社会风气都被你们败坏了，要不是你，我也不至于对不起老婆，回头做点正经的职业吧！

另外，“人血馒头”，这种叫法对吗？凡是涉及死者的文章，都成了人血馒头？

有个同事做文化板块，很重要的一项内容，就是做名人逝世纪念日。每次他做出一个专题，就有同事讲：“哎呀，你又来发死人财了！”

这是不对的。已经去世的人，不应该得到适度的关注吗？不应该以合适的态度去关注吗？消费死者和关注死者，区别在哪儿？区别在表达上。不同的表达，造成反差极大的感情效果。说一个作者关注死者，哟，挺不错，挺有温度的。说一个作者消费死者，他×的，太坏了，连死人都不放过，呸！

凡所有相，皆是虚妄。但是，相上的差别，很多人勘不破。说作者照顾读者需求，人家会说他是好作者；说作者迎合读者，人家会说他没品。

二者有区别吗？有。区别在发心。

如果作者是为读者好，发心就好；为自己好，发心就不好。

但是，为自己和为读者，往往纠缠在一起，没有办法分开的。只能说，如果一个作者，明明不是这么想，只是认为这么写能够讨读者喜欢，就这么写，那就是很差劲的作者。睁着眼睛说瞎话，说自己内心并不认同的话的作者，是鸡贼的。他肯定不是为读者好，他是想从读者那里讨到便宜。

政治正确就是这样子。永远都坚持政治正确的人，是鸡贼，是乡愿。

三年多前，李天一强奸案发生，清华大学易延友教授发了一条微博：

“替李天一的辩护律师说几句：1. 无罪辩护是他的权利。引述海淀检察官的说法：让人做无罪辩护天塌不下来。2. 未成年人受特殊保护，律师发声明要求大家遵守法律并无不当。3. 强调被害人为陪酒女并不是说陪酒女就可以强奸而是说陪酒女同意性行为的可能性更大；另外，即便是强奸，强奸陪酒女也比强奸良家妇女危害性要小。”

最后一句引起轩然大波，易延友被万人咒骂，清华大学也介入了，后来，易延友只能公开道歉认错。

我不相信，易延友认错时，真的认为自己错了，我倾向理解为是舆论压力所迫。直到今天，我都一直认为易延友的话即便不对，也包含了很大的合理性。

我的理解是，强奸是对受害者非常大的伤害。伤害是很难量化的，尤其是心理伤害。虽然难以量化，但直观上会让人产生一种印象：陪酒女群体对强奸伤害的承受能力，一般来讲，可能比良家妇女大。

无论这种印象是对是错，它都是对客观事实的判断，而不是对道德标准的评价。也就是说，它可以被检验。比如，对受害者进行跟踪观察，有 1000 个样本，500 个陪酒女，500 个良家妇女，把事后罹患抑郁症、失业、尝试自杀等行为作为度量伤害大小的标准——这些标准未必准确，但它是一种尺度，作为对当事人造成心理打击的参考。有理由猜测，陪酒女群体出现后面一系列行为的概率和频次显著小于良家妇女群体。

没有听说谁做过这种实验。但可以理解这种直观上的猜测。因为在普遍的印象里，同样一记拳，打在 200 斤的胖子身上，和打在 80 斤的弱女子身上，造成的伤害不同。

这就好比，直观上，我们会觉得，一个人第一百次分手，痛苦程度要比第一次分手小。当然，这是基于大样本的普遍情况，不是特例。肯定有人分了一万次手，每次都伤心欲绝。但我们讨论的是一般情况。这种猜测基于这样的假说："一般来讲，人的抗击打能力会逐步增强。"

陪酒女是非常容易遭受侵犯的群体，良家妇女则是平常不太容易遭受侵犯的群体，对这两个群体，打同样一记重拳，有理由想象她们的承受能力有差别。

虽然对社会的危害程度不能简单地用受害人的创伤程度去替代，但这至少是个很重要的维度。

所以，我一开始就理解易延友话中的合理性，没有任何障碍。但我跟朋友聊，被朋友臭骂一顿，认为我对陪酒女群体有强烈的歧视，认为我不承认人人平等。而我认为，在这个实然的世界，在很多具体的方面，个体之间是存在差异的。人和人在很多方面不平等，是事实。

每个人对事实的理解是千差万别的。我不敢认为自己的看法对，看法也会随时间改变，但我会坚持在每讲一句话的时候，讲的都是此时此刻自己认同的话。也许不能完全做到，但从来没有放弃过努力。我不会讲政治正确但自己不认可的话，那个过失更大。

人与人的不同体现在很多方面。比如，突然接到一个很久没联系的老朋友的电话，有人会想：你还记着我，太好了！有人会想：这货又来消费我了，到底是想找我借钱呢，还是想求我办事呢？

把一切关注都看成是吃人血馒头，这种见地是很有问题的。把一切联系，都看成是消费和被消费的关系，是很庸俗的。只要一个人的发心是善意的、真诚的，无论把它叫作消费还是关注，都可以接受。不能接受的是发心不善。

乔任梁生前说："我希望被关注，希望大家记得我。"一块面包摆在货架上，是希望落满灰尘也没人理呢，还是希望很快有人把自己买走呢？

作为作者，我希望自己的文章被消费，甚至我这个人被消费。只要读者的消费是出于善意。即便有时候存在一些不太善意的消费，我也不排斥。毕竟我的力量不足，没有能力照顾到所有人，让一切读者舒服。

因此，我有很多不体面的时候。或者因为观点相左，令人觉得我三观不正；或者因为发广告，令人受到滋扰；或者因为追热点，令人觉得肤浅俗气。令别人不舒服，就是我的不体面。

需要接受这种不体面。

没有谁，可以百分之百地在一切时间、一切场合，让一切人舒服。没有谁能够完完全全地体面。

归根结底，人都是无力的。但这并不妨碍，在无力中用力，让自己稍稍体面一点。说照顾别人的体面，只是方便的说法，实际上，是照顾自己的体面。每个人的体面，都是自己给的，而且只能由自己给。

# 卷二·谈感情

# 姑娘，不是你的衣服不够亮

前天夜里，下着大雪，我在郑州大学做讲座。

讲座后是提问。十来个人之后，依然有人举手。我留意到有个女生不止一次举了，就说："让这位女生来吧。"她起身说："老师，我的提问时间会比较长。"

她说自己今年 18 岁，从小就有写文章的天赋，不得不时常拒绝别人代写文章的请求。她说，之前并不知道我，也从来没有读过我的文章，只是直觉告诉她，这场讲座会对她有帮助，所以冒着大雪来了。听完讲座，她发现直觉对了，就举手提问，从第二次就开始举，却一直被忽略。她说自己是个敏感的人，虽然常常骄傲，有时候却极度自卑，在屡次被忽略中，她强烈地感受到自己的渺小。她说："可能是因为我的衣服不够亮……"

她花了很多时间叙述自己的故事。外边的雪越下越紧，组织者跑上讲台给我递字条，说时间不早了，能否和她私聊。陆续有同学起身离开，而她对此浑然不觉。她说自己喜欢安静，喜欢散步，常常在南操场独自行走。有次和朋友一起奔跑，鞋都跑掉了，她问朋友，她们会不会追到太阳？

我揪着一颗心想象台下同学的焦虑，却依然不忍心打断她。终于趁她讲完一个意思的间隙，我说："我可不可以现在回答你的问题？"她木然。我看不清表情，却能感受到她的失落，只好问："你大概还要多久？"她说："一分钟。"

等她讲完，我说："你的问题让我有压力。一是因为，你对我抱有期待，期待我的回答能对你的生活产生影响，但我并没有这样的能力，我会辜负你的期待。二是因为，你的提问太长，许多同学已经屁股坐不住了，我一颗心揪着，却不好打断你，又辜负了别的同学。”

我说：“你是一个特别的人，也很有天分。你很自信，却又不够自信。自信体现在你清楚自己的特别，但你又需要别人的肯定来确认这一点，你的‘我执’心很重，所以过于在乎自己而忽略了别人。要把自己看成一个最普通、最平凡的人，把自己当成芸芸众生中的一员，去留意别人的情绪和感受，这样，你的气质才会不仅仅是天分，才会真正显露出来。”

我的回答不长，已经不敢再耽误其他人的时间。但又觉得这样简短恐怕很难令她满意。其实，她的满意与否我也没有太在乎。只是，当我冒着风雪回到酒店，躺在床上关了灯准备睡觉的时候，脑中又闪出她那句话：“可能是因为我的衣服不够亮……”

当时已经很疲惫了，但因为这句话，一时竟没睡着。我在讲台上说她特别的时候，很难说有多大程度是在恭维，是想令她的心免于伤害。但这时候，我真的察觉出了她的特别——做了那么多次沙龙，没有谁的话让我事后还记得这样清晰呀。

姑娘，不是你的衣服不够亮，是因为你的位置。我的衣服也不亮。我穿着笨重的羽绒服，比你的颜色还要深些，只是因为站在讲台上，就比台下衣着最闪亮的人还要吸引目光。

姑娘，虽然你的衣服不够亮，但是你的人很亮。虽然你的人不够亮，但是你的话很亮。我已经忘了你长什么样子，穿什么颜色的衣服，但你的话我清晰地记得。你的话让你站在了特殊的位置上，让我们之间调换了宾主。我会忘掉几乎所有听过我讲座的人，但只是因为这句话，我会一直记得你。有许多听众穿着很亮的衣服，但没有谁能说出这么闪亮的话。

这就是你的奇特之处。之所以这种奇特正巧被我捕捉到，是因为18岁的你就是18岁的我。此刻的你就是当年的我。我18岁那年，在一次诗词讲座后，跑上台把自己的诗递给老教授，希望他能点评。他说，时间不早了，以后私下谈。后来并没有谈过，因为再也没有见过他。现在想来，当时的我并不是渴望他的点评，只是渴望有个权威能当众给我肯定，让我小小的虚荣心得到满足。你看，正是因为心小，所以这一点虚荣就尤为重要，就能把心盛满。现在我不会那么问了，因为无须谁的评价，我也清楚自己的诗是怎样的层次，自己在芸芸众生间是何等的位置。

我有多少年没见过 18 岁的我了，今天你让我见到了。你的一句话扭转了时空，调换了宾主。18 岁的我也会在讲座上高高举起小手，因为没被点到而失落。那时我也以为自己是最特别的，但现在看，当时的我并不比今天的我更加特别，当然，也并不比今天的我更不特别。因为并没有特别的人，只有特别的位置。站在讲台上，你就一时特别起来，坐回台下去，你就和众人一样。如果把声望、地位、财富种种卸下，哪有谁是特别的呢。追求特别，除了累心之外，并没有什么好处。

每次讲座上，都会有提问得很长的人。我通常会不留情面地打断，因为他们这么做，无非是想炫耀知识和见地，但你不是。你说自己敏感和自卑。你说有苦恼要化解，对我的回答抱有深深的期待。

只是，并没有那么简单的事情呀。任何人的烦恼，别人都帮不上一星半点的忙。唯有自己一点点抽丝剥茧，舍弃身上积久的偏见，烦恼才会如同旧衣服上的尘垢，自然跌落了。应当丢掉沾满尘垢的衣服，如果舍不得衣服，又想不沾尘泥，是办不到的。

自卑并不全然是自卑，自卑也是自负。因为看见自身缺陷，觉得自己不完美，所以自卑。其实，自己的一切缺点，众人都有，都微不足道。连缺点所依附的肉身，也只不过是茫茫人海中的一粒微尘。一切烦恼，无非因为把自己看得太重。

当然，在迁善改过的层面看，永远都要尽力发掘哪怕细如牛毛的过失，把它看得如同须弥山那么大。但如果这种看法让你产生了自卑的情绪，就要立刻将目光收回，不再聚焦于自身，而是观待万类，像看待众生一样看待自己。毕竟，总是盯着自己，本身就是过失呀。

姑娘，如果你可以站在讲台上往下看，就会发现，不是你的衣服不够亮，只是因为台下举手的人太多了。忽略这根本的原因，而检讨很微细的理由，唯一的缘故是，微细的理由和自己相干，而自己对自己太在意。在意自己不是坏事，只是，太在意自己，就往往眼里没有他人了。

每个人的故事，都是唯一的。因为唯一，便对它深深眷恋。但这种眷恋，无法与人共之。郑州此夕飞雪，我无法言喻心中的情绪。因为没有人曾同我一道站在七年前的夜里，领略一场暴雪的惊心动魄，在寂天寞地中飞起遐思。

久别重逢和一见钟情毕竟不同。你久别重逢的心绪，会被人误作一见钟情。人们喜欢谁从来不是因为他有多聪明，有多风趣，也根本不是因为他是天才，或是有过人的学识。只是因为他是你的朋友。喜欢一桩故事也是这样。对它念念不忘，只是因为曾经发生在自己身上。朋友终究会散去，故事也终究会淡忘，这一切都是缘法。朋友散去，旧情尚在，故事淡忘，温存仍留。所以也没有遗憾。

宋朝有个书生去应考，试题是《腐草为萤赋》。书生冥思苦想，只得一句："昔年河畔，曾叨君子之风。今日囊中，复照圣人之典。"许多年后，其他答卷都已湮灭，这句话却流传至今。

《论语》说："君子之德风，小人之德草。"汉诗云："青青河畔草，绵绵思远道。"一束青草，生在河畔，熏沐了君子的德风。到了秋天，霜露凋残，在荒寒中变成萎黄，蛰伏过大雪纷飞的冬天，化作一粒萤火，飞在夏夜的原野上。苦读的少年把它捉来，盛在囊中，照亮案头的旧典。

一束草的生命，就是这样平淡无奇。前世河畔，受过君子德风之熏沐，只因此风，便有愿力，他生化作一粒流萤，复照在圣人典籍上。圣人典籍之所载，正是君子德风之所自。

我们都是一粒萤火，一束青草。秋日的河畔，有着无边青青的草。夏夜的原野，有着无量闪闪的萤。荧光所照，只及自身，萤却见不及远，以为此光划破了暗。

一切烦恼，说到底，只是不肯老老实实做个凡人。以为自己的工作独一无二，自己的想法旷古未有，这一切，只因未能见及渺小。寄厚望于外物，托期冀于未来，皆是如此。

以为自身渺小，也是一种自负。它隐藏的见地是：未来有一日，自己终将伟大；或者，哪怕自身渺小，总有伟大的人存在。实际上，并没有伟大这回事。人人都是渺小的，人人都是萤火和青草。

但渺小本身孕育着伟大。渺小的是躯壳，伟大的是愿力。一束腐草，固然渺小，但它不忘昔年河畔之德风，便愿来生化作流萤。在飞向圣人典籍的一霎，微光就照彻了亘古的暗。

# 我们都是凤凰男

我是半个凤凰男。家族里，我爷爷是第一个识字的。我爸从小在农村，读高中时，每学期有一半时间荒废了课在家干活。高考差了几分，他说想复读考大学。爷爷说：“家里紧张，你也不是不知道，你要是有把握一定考上，就供你读。”我爸一听，就报名参了军，临走家里才知道。这是他一辈子遗憾的事。后来我出生了，他还在参加自学考试。

我的成长环境不算差。小时候，家里赁房住，成天被人赶着搬家。后来父母下岗了，做点小生意，慢慢殷实起来。所以，不能算百分之百的凤凰男，但在落后的地方成长，身上确实沾染很多习惯，比如随地吐痰、不会说谢谢、小气，以及敏感。

不过，这些都不是特别大的问题。如同身上沾了泥，只要愿意洗澡，就会干净。刚上大学，跟室友散步，我随地吐了痰，被他提醒，惭愧不已，从此就改掉了。在老家，亲戚之间没有说谢谢的习惯，彼此相处，心里念着人家的好，但不能表达。总觉得“谢谢”是生分的人才说的。表姐第一次去我家，我给她倒水，她说谢谢，我心想，城里人真是客气。后来离开家，我很快也学会了谢谢，只是假期回去，再把谢谢收起来，以免亲戚不自在，觉得熟悉的孩子突然变陌生了。

看到这些差距，和小地方的种种落后，我渐渐对家乡的人和事有了隔膜。乡下的冬天，半个庄子的男人聚在大槐树下推牌九，女人嗑瓜子，才四十岁，牙就开始掉，不知是因为吃糖还是得病。我就想，越是穷，越不知思变；越不知思变，就越穷，真是没有办法。

相较这些人，倒是许多能从小地方走出去的，也就是凤凰男和凤凰女的身上，有很多可贵的品质。年前认识一位朋友，她出生在重男轻女的地方，有哥哥和弟弟，自己得不到宠爱。我跟她第一次见面，不知情，问她什么专业，她丝毫不介意告诉我，自己没有读过大学。但她谈吐中透露的见地和对生活的理解，要比许多名校毕业生高太多。她凭借努力，在北京安家，结婚、生子，事业也不俗。与她见面时，她刚受了些损失，却说，钱是世界上最不重要的东西，如果通过钱能看清楚一个人，那也值得。如今，她的境遇比哥哥弟弟都好，父母也是她在赡养。

二十多年前，我一位舅舅在读研，我爸去看他，他不在，室友接待了我爸，请我爸吃食堂最好的红烧肉。我爸跟他聊起舅舅家的困难。他说：“我了解，不过他家比我家还好些。”我爸大惊，问了才知道，他家在安徽山村，更困难，请我爸吃的饭，相当于小半月的生活费。很多年后，我爸依然感叹他的慷慨。

城里人就更加文明吗？很多时候，只是更加精明。因为有了优越的条件和环境，变得富足。但如果从美德上讲，是不分贫贱与富贵的。寒酸的家庭里，也有很有教养的子弟。穷苦人的身上，也有诸多美德。

春节回家，坐高铁，我旁边是位中年妇女，乡下人打扮，棉袄很厚，衣角搭到了我的位置，我有些不高兴，嫌她不懂礼貌。她打开手机，听些拙劣的地方戏，我又嫌她俗气。听到检票，她碰碰我的胳膊问："票不是进站时吃进去了吗？"我说，检票时塞进去还会出来的。她就担心得不知如何是好，怕再花钱补票。我说："不要紧，跟乘务员说说就行。"她说："我哪知道，没坐过高铁，年年都是坐火车，今年还想坐火车，俺儿不愿意，怪我去年半夜才到家，说花多少钱也给我买高铁票。"又指着手机说，"这是俺儿给我的，他非要用苹果，就把这个给我了。"

她拿出香蕉给我吃，我说不吃，她一定要我吃，说买得多。她指着包笑着说："年年光买糖和巧克力就得一两百块！带回家，俺一家的要吃，我说你别吃，是给闺女儿子买的。"她说的闺女儿子，不仅是自家的，还有亲戚邻居的。"隔壁侄子大清早就到俺家，大娘！大娘！我来吃巧克力！哈哈哈。"我要充电，她说："我有充电宝，给你充电宝。"我说："不用，下面有插座。"她说："不好够吧，给你充电宝。"

她说起家庭，却令我震惊。我不能把细节讲出来，那就辜负了她对陌生人的信任。她生活得十分艰辛悲苦，但如同讲述别人的故事一样，没有什么怨艾。女儿上小学，儿子比女儿大十岁，在打工。“医生说了，不知道能不能看到闺女结婚，但能看到儿子结婚。我说能看到儿子结婚就行。”听得我眼泪差点滚出来。

越是听她聊，我越对自己先前的以貌取人深惭不已。她身上的许多美德，坚强、乐观、慷慨、有情义，都是我不能及的。不仅我不能及，我在北京接触的许多人，都不像她这样质朴、洁净和光辉。很多人有光鲜的身份，行为却猥琐阴暗，龌龊不堪。有人请你帮忙，你帮了他，他连句谢谢都不说，似乎谢你就屈尊了，好像以他的身份，能帮上忙是你的幸运。有人甚至讲：利用你怎么了？是给你面子，那么多人排着队求我利用呢！我从这些人身上看到的不堪入目的东西，远比在乡下蹲茅厕时看到的多。但在他们眼里，只有乡下的茅厕才令人崩溃。

我不觉得有了抽水马桶就叫文明，不觉得懂得端起红酒杯晃晃，能尝出产地和年份就叫品位。怎样打出一杆漂亮的高尔夫并不重要，远远不及做出熨帖的事更要紧；怎样把一个法语单词发出塞纳河的腔也不重要，重要的是每句话能让人感受到基本的尊重。

把人分为凤凰男和非凤凰男，这种三观是愚昧可哀的。没有凤凰男和非凤凰男之分，只有有教养和没教养之分。说千万不能嫁给凤凰男，如果不是愚昧，就只能是势利。这种论断，恰恰体现出一个人缺乏基本的教养。孔子从来不以出身判断人，仲弓是凤凰男，孔子讲：“犁牛之子骍且角，虽欲勿用，山川其舍诸？”公冶长进过监狱，孔子却把女儿嫁给他。就连孔子自己，“吾少也贱”，不也是凤凰男吗？孔子也从不以贫富来断定一个人的品德。“贫而无谄”固然好，却不及“富而好礼”。“富而无骄”固然好，却不及“贫而乐”。

但无论哪种，都比“不仁”强。一个人不仁，就很难办了。如果缺乏基本的涵养，就会是非不分，把谄上媚下当生存技巧，把舐痈吮痔当人生智慧，把势利做派当贵族精神。不是说，能拿一栋别墅拍下一幅画就有资格谈贵族精神，那种资格太监刘瑾最不缺。

凡人都有很多缺陷。要紧的，是尽力去改变它，在寿命终了之前让自己变得更完善。时至今日，我也不太想回老家。我知道老家的落后，也为没有力量改变它感到自身的无能。我有一位同学，名校硕士毕业，本可以留京，却执意回老家做司法工作，很多人觉得她傻，我倒是很尊敬她。正因为有她那样的年轻人，我们老家的司法环境才能有一点点改观，才让老百姓打起官司来稍微容易和规范一点。相较之下，我的选择精明了些，却不及她有勇气。

去年，我听星云法师的讲座，十分震撼。星云说："如果有下辈子，我还想做和尚。"按照佛教的说法，我们生活的世界是娑婆世界，有种种愚痴、贪婪和嗔恨。一个修行人，本可以远离这些，到更加文明的国度里去。但星云说，他不愿到天上，不愿去净土，也不愿求涅槃，还想回到这个世界，在这里做和尚。这真是大悲的菩萨心，愿意留在劫浊、见浊、烦恼浊、众生浊、命浊的娑婆世界，不是因为别的，只是因为对芸芸众生不肯舍弃。

## 我养的绿萝要死了

我好吃懒做，从没想过侍弄花花草草。偶然逛商场，看见静默在一角的绿萝。床头正缺点什么，就把它领回了家。

领回家，并不好好地养。我的胃不好，不能喝凉水。每次水凉了，就得跑厨房倒掉。自从有了绿萝，残水就倒进绿萝盆里，屁股不用挪，也不用专门浇水。在我这么懒蛋的主人手里，它疯长起来，密阴阴笼罩了半个床头。

去年三月，我回老家打官司，北京的租约刚到期，匆忙完搬家，把绿萝扔在阳台就走了，也忘了浇水。回来已是清明，推开门，叶子全枯了，层层铺在地上，像女人的裙。

我才有些怜惜。毕竟，领回家是要好好养的。我是个负心的主人，在它长得最出落的时候，都没仔细端详过它。也可能因为绿萝太寻常，而我好高骛远，对身边的好熟视无睹。直到要拎起花盆下楼扔掉，才感到愧疚。

电梯迟迟不来。小时候，去表弟家玩，每次到回家的日子，我都期待车不要来，这样就可以多住一个晚上。我突然想，绿萝是不是还想在我家多住一个晚上，就不舍得扔了。

我转回房间，剪掉所有的叶子，只剩下光秃秃的枝丫。取半杯水，细细地浇进去。我并不指望它活。浇水不过是尽人事，给自己一点安慰。在这件事上，我还是挺唯物主义的。

那个时候，一切都很糟糕，家里的官司没有着落，我体检又查出了问题。风雨大作的午后，从安贞医院走回望京，四围灰暗，了无生趣。眼见许多美好终将离去。我打算戒了肉，清心寡欲一点。就在那个晚上，仔细端详绿萝，发现不知何时悄悄冒出了小脑袋。我发现得迟了，冒出来的竟不止一株，还有点虎头虎脑。

绿萝是残春渐褪时给我的最大安慰。很多事情，在你以为十分糟糕的时候，细微的美好在不经意的地方悄然生起。我又不唯物主义了，我想，假如绿萝能长回从前，一切都会再好起来的吧。

不久，接到领导短信，说决定给我加工资。那本来不是加工资的时候。又不久，积攒两年的书稿也谈妥了，还认识了不错的朋友。很快，公司决定运营主笔，我被时尚频道的美女同事带去商场挑衣服拍商务照。一切都出奇得顺利，所遇的一切人，都对我出奇得好。就算是打官司，虽然结果无着，也结识了不少善友，给予我启发和安慰。绿萝就在我顺风顺水的境遇里，一点点生长，发枝抽条，像最初遇见我时那样，静默在一角不语，却停停点点复苏成从前的密阴阴。

十二月的时候，它已经有些影影绰绰的风姿了。从零长起是有点慢，但很扎实。每一片叶子，都是在我居住的房间里吐露的。在并不漫长的时光里，一点点从泥里汲取养分。我不知那些污垢的泥，如何能生起纯净的绿。佛经说，莲花开在淤泥里，善法也从五浊恶世生起。越是污秽的地方，越是修行的道场。我从梧桐树下挖了泥，培在绿萝盆里。

春节回家，我早想好了办法。用一只盆，添些水，绿萝坐进去，水刚刚覆过底座。纵然北京的冬天再干燥，水也不会在我离开的日子里蒸发殆尽。呵护绿萝是我回家过年前最重要的事。悉心安顿好，才关上房门背着书包出发了。

过了年，人长了一岁，绿萝也长了一岁。一岁对人来说，只是生命的几十分之一，但对绿萝来说，就挺长的。我在家乡的寒夜里，不止一次想起绿萝。想到再见的时候，它出落得更加水灵。要说它是我的好运，也没有道理。一个人的好运来自平素多做善事，多对人好，并不在乎养了花花草草。但我有时候，宁愿相信没道理的东西，只因为它美好。

绿萝是造化的赐予，让我从心底愿意分出精力来照料一样东西。佛家讲究布施，其实就是要人分出心血和精力，赠予外物。当你还能照料周围的物事，你就是慈悲有力量的。我本是懒散的人，对身外之事素来漠然，有了照料绿萝的经验，渐渐发觉自己还是可以给予别人帮助的，哪怕一无所有，至少能给些关心。佛经的道理，在养绿萝中一点点体会。青青翠竹，尽是法身；郁郁黄花，无非般若。绿萝不开口，却也时常对我宣示法音。

然而，佛经还说，诸行无常。节后回京，推开门的刹那，我才看见自己的愚妄。盆里水没有干，花却被淹坏了。泥土浮肿，像鱼的腮。叶子凋萎了大半，根几乎全断了，被泡成了面条。我只怕它干枯，却没想到，被我亲手淹坏了。我常常自恃聪明，却总在事情一塌糊涂之后，才察觉自己的无知。

我拍照片发给妈。妈说，不要紧，只要根没全坏，就还能活。我就把烂掉的根拔除，修剪了枝叶。叶子只要没萎垂，就算枯黄了，我也留在盆里，期待它能返青。

我对绿萝的留心比先前多了好多。每天起床，先要看看有没有长出新叶子，回到家，看看；写文章累了，看看；睡觉前，再看看。看久了，我觉得自己不是糊涂吗？没有多余的根，叶子哪能凭空长出呢。

我把剩下叶子里最大的几片剪下来，均匀地插在花盆里，不敢太密，怕它们抢营养，又去梧桐树下挖了土，筛去石子，用手一一碾细，撒在花盆里。

有一天，妈告诉我，可以去超市买些花肥。我恍然大悟。去了果然欢喜，花肥琳琅满目，还有许多吊兰、富贵竹、薰衣草。我喜欢薰衣草香，就挑了一袋，选了新的花盆和土壤，抱向收银台时，突然觉得这样不好。

我只有一盆绿萝。每天看它好多回，用手捏捏泥，看是干还是湿。每天在同样的角度拍下照片，比较和前一天的变化。有了薰衣草，我对绿萝就不会那么在意了。想要好看的花，超市里多的是，随便买一盆，也比我的绿萝好。但我之所以爱那盆绿萝，只因为它是我的，它每一片叶子都是在我居住的地方长出来的，与我用同一只杯子喝水。我转过身，把薰衣草放了回去。

我期待绿萝的复苏。佛经云，见世安隐。我现在不想它长得多好多茁壮。前几年，我总是期待意外的机遇降临，期待事业上的转机，现在只期待自己和亲人健康平安。这已经是很大的奢求。我也不要绿萝多好看，哪怕很幼小，哪怕还孱弱，只要它活着，慢慢度过一天又一天，就很好了。

在期待中，我感到时光的煎熬。每当诸事烦冗，时光飞逝的时候，看见绿萝，就又觉得时光漫长。低垂的叶片里，看不见一点点起色。任是一次次驻足端详，也不见任何变化。可我能做什么呢，肥不能施多，水也不能浇多，只好在一旁静默地看着。

扦插的叶太嫩，慢慢都死掉了。黄叶继续凋萎，绿叶日渐黯黄。从前去咖啡馆，从来不会留意绿植。现在走到哪里，看见绿色叶子，就会想起我的绿萝。见别人的绿萝长得好，就生起艳羡和惋惜。这是不该有的执念。绿萝终归不属于我。不会因我的欢喜而生长，也不会因我的惋惜而停止凋衰。它生存在这世上，有它要遵循的法则。而我只是它生命中的一个邻人。只是当我把它抱回家，愚妄地以主人自居，就不免要承受这些。

道理虽然如此，可一年多的陪伴，让我还是会将它的生命与我的生活联系在一起。可世上哪有一种美好，会因人的不舍而驻足呢。绿萝的陪伴，也对我的生命有了塑造和改变，虽然只是在微小的细节上。至少让我这样从来不在意花花草草的人，开始用心留意一片绿叶的枯荣。

绿萝只剩下不到五片叶子，我也慢慢开始接受它终有一天要离开的事实。悲伤在所难免，但生活原本如此。绿萝一天天地凋残，又何尝不是对我的开示：生命中远有更加重要的东西，如何可以不去珍惜。

# 史湘云和林黛玉的各自孤独

《红楼梦》里史湘云有一种“择席之病”，不在自家的床上就睡不着。因为这点，我很喜欢史湘云。

有时候，你搞不清楚一个人是不是伪装。一个人想要伪装成什么样子，伪装久了，就弄假成真，真变成了她想要成为的样子。如果你不明就里，不晓得她这种气质是从何而来，对她的理解就会浮光掠影，流于表面。

那个大嚼鹿肉的史湘云，把自己的仆童取名“韦大英”。寓意“是真名士自风流”的史湘云，看不惯林黛玉小性子的史湘云，在很长一段时间里，并不让我觉得可爱。我曾把她理解为天生有男子气概的姑娘，以为她的所有开朗和豁达只不过是天性使然，禀赋如此。直到许多年之后，我在异地的一家旅馆里，夜不能寐的时候，重新想到湘云的择席之病，才恍然发觉史湘云并不是我多年来想象的样子。

要理解一个人，不可单看她在和所有人相处时表现如何，还当看她在独处的时候如何。她面对世界时的千种万种，也许都是在层层包裹的心之外的一张张面具。而那颗敏感脆弱的心，一直没有袒露。

在客居的寂夜里，当一切纷扰都被漫长无垠的夜过滤掉，再也不需要面对人事纷纭的时候，史湘云失眠了。这不是一个磊落豪爽的大丈夫应有的一面。那种人应该像刘伶一样，大口吃肉，大碗喝酒，天地间没有一处不是窟宅，四海随处都可以为家。为什么会在绣榻锦衾中，听无尽的更漏呢。

这是一个从小就失去父母的孩子，是从小就尝过人世间苦楚滋味的孩子。她本是一个敏感脆弱的姑娘——没有哪一个能写出好诗的人不具备一颗感春伤秋的心。她的身世遭际将她向嗟悼生平的路上猛推了一把。她本会变成林黛玉那样敏感伤情的人。但她拒绝了。

她要向上天施与其身世命运的安排做出顽抗，她要让自己呈现出豪爽洞达的样子。所以她才成了众人眼中的她，那个身着男装、英姿倜傥、口无遮拦的史湘云。可她内心最深处的敏感和孤独并没有被彻底祛除。于是，在寄人篱下的床榻上，中宵的无眠出卖了她。她到底还是个敏感脆弱的小姑娘。

史湘云一开始最看不惯林黛玉的小性子，因为她拒绝成为林黛玉那种人。那在她看来是一种软弱，一种妥协。但后来，她终于和林黛玉成了很好的姐妹，也开始理解，林黛玉的伤春悲秋也未尝不是一种抗争，只是那种抗争来得比她还要隐晦一些。

在贾家马上就要没落的那个中秋节的夜晚，众人都散去了。林黛玉和史湘云在凹晶馆联诗。史湘云极赞“凹晶”“凸碧”两个词拟得好，不落窠臼。林黛玉说：“实和你说罢，这两个字还是我拟的呢，谁知舅舅倒喜欢起来。”《红楼梦》里处处布有伏笔，我始终以为，林黛玉的舅舅，也就是贾政，才是整部《红楼梦》里文采最好的人。但这是题外话，不展开聊了。

总之，到这时，史湘云才慢慢读懂林黛玉的孤独。史湘云联曰："寒塘渡鹤影。"林黛玉联曰："冷月葬花魂。"你看，在一起的两个人，未尝不是各有各的孤独。唯有孤独的心，才可以相互慰藉。但无论如何慰藉，也遣不散各自的孤独。无论有多少孤独的灵魂聚在一起，孤独也不会消散。无论是否有酒，有佳肴，有四海的高朋，有满座的笑语。

《红楼梦》里面最热闹的一幕，是贾宝玉诞辰，《寿怡红群芳开夜宴》一节，越热闹的欢聚，越衬托出无限的悲凉。湘云掣出一支签"只恐夜深花睡去"，临到宝黛二人喝酒，宝玉瞅人不见，悄悄递与芳官，而林黛玉则乘人不备把酒倒在漱盂里了。可见林黛玉是终究不能与热闹为伍的。任是多么热闹的场面，也无法把黛玉融化。

林黛玉永远不喜欢热闹的场面。贾宝玉是总想挽留住夜夜笙歌，借众人的欢声来驱走孤独。可林黛玉比他明了得更彻底，林黛玉知道有聚终有散时，在宝玉还恋恋不舍的时候，林黛玉说："我可撑不住了，回去还要吃药呢。"

也许医治孤独的办法只有一个，就是疾病。病痛的长年陪伴，或许是林黛玉并不会在一个人时感到分外孤独的原因。林黛玉驱遣孤独的方法远比史湘云来得更隐晦。湘云寄情于人，寄情于事；黛玉则直接寄情于物，寄情于泪。所以有葬花，有题帕。

李太白诗曰："醒时同交欢，醉后各分散。永结无情游，相期邈云汉。""永结无情游"五个字，也许是黛玉和湘云孤独灵魂的最好写照。

## 没有短信的除夕夜

我说不上喜欢过年。过年意味着干活：打扫卫生，蒸馒头，包饺子等。平常我妈九十点钟就睡了，一到过年，得忙到十二点。我心疼我妈，但又笨手笨脚，帮不上什么。有时候觉得不帮怪不好的，但因为冻手，又因为懒惯了，就袖手看一会儿又转回房间了。

懒人有懒福。别人再忙，你还是清闲得很。我能干的活只剩下贴春联。从前我自己撰联，自己书写。最近几年偶尔也撰，但不写了。今年的叫：伸手瓜桃堕地，回头水月在天。上联说的是猴子掰玉米，见到西瓜，就把玉米丢了，见到桃子，又丢了西瓜，最后两手空空。下联说的是猴子捞月，以为月亮掉到了水里，怎么捞也捞不到，蓦然回头的刹那，看见皓月当空。意马心猿，逐物驰散，所求之物终难得到，而一切又俱在自家心里。

撰联不宜太露，明着写猴，不如暗写，不然上联猴赛雷，下联雷赛猴，就俗气了。癸巳年我撰的春联是：见群龙无首，利牝马之贞。横批：巳日乃孚。因为蛇年是在龙年之后，马年之前。见群龙无首，也有写于龙年尾巴的意思。此联出自《周易》，上联在《乾》，下联在《坤》，横批在《革》，革故鼎新之意。

讲这些其实没用。我家贴的对联是街上十块钱买的，“出门求财财到手，在家创业业兴旺”。我家开商店，要爬很高，用扫帚扫下一年的积灰，用抹布擦，再一绺绺儿胶布撕了粘上，背上出一身汗，两手冻得通红，脸上沾满红粉。我很高兴家里前年卖了大房子，不然，每年贴春联的工作量至少增加三倍。

你看，住的小就是有这个好处，活少，过年打扫卫生都比别人家快。

人拥有的东西越少，生活越简单清静。复杂的人际关系也是重负。前天晚上妈跟我说，今年家里没钱了，礼又不能少送，小孩的压岁钱也不能少给，光这笔开支就不小。我一想也是，周围的亲戚，家家都生了二胎，从前给一份儿压岁钱，今年都要翻倍。突然觉得自己没结婚没生小孩真是好吃亏。

过年其实是还债的。一个人平素攒下的人际关系，许多要靠过年来做个提示，提醒生活里还有这些人。唯有到过年的时候，才蓦然惊觉，原来那么多人曾在自己的生命里出现过，不然也许早淡忘了。

人一生不需要太多朋友，但熟人也许还是多些好。总有求人办事的时候。不过，无论你愿不愿意，只要不是特别与世隔绝，总会认识的人越来越多。

这不是由于自己的本事，是由于被时代洪流所裹挟。不像陶渊明的时代，辞了官回家种地，三五个酒友就够了。现在有时候办一张证就要跟百十个人打交道。

我外公的几位兄弟住在乡下，从小到老生活在同一个村子。几十年里，大年初一见谁、大年初二见谁都是固定的。他们无从理解小辈们过年还要对着手机抢红包，不能明白那是像老一辈人走亲戚一样的社交。这个时代年轻人的朋友动辄成百上千，没工夫过年都跑到家里看望一轮，问候也就从简了。

因为生活方式的隔膜，我舅舅越来越不喜欢他儿子的作风，他无从理解为什么一年就春节回家半个月还要装宽带，更对他睡到十一点才起深为痛心。七八年前，我和舅舅的儿子一桌吃饭，他因为懂得挨个敬长辈酒而得到赞誉。当时他还没有成年。老一辈人不管孩子有没有到适合饮酒的年纪，还会哄三五岁的孩子抿一口白酒，看着他皱眉的样子哈哈大笑。

现在，舅舅的儿子有十年军龄了。他爸喝的酒都是他从部队带回来的。但他坐在席上却不喝。我爸问他能不能喝。舅舅说："能喝，但他不跟咱们喝，跟他的战友喝。"他早早吃完就回自己房间玩手机去了。舅舅叹气说："这么大，越来越不懂事，都不知道陪长辈坐一会儿。"

也有更小的小孩，未曾出门见过世面，却偷偷培养了酒瘾，以能坐在桌上同大人划拳为荣耀。在长辈满堂的场合，又不好意思表现自己想喝，做出心疼父亲身体的样子，说："爸，你别喝了！”抢过父亲的酒盅，倒进自己杯里。他爸说：“你替我喝一半就行。”他不听，仰起脖子一饮而尽。

在这个时候，手机铃声就无休止地响起。最近几年，我越来越感谢那些过年不给我发微信的朋友，我会早早在十点就把手机关掉。假如你尝试过在节日这么做，就能体会到“回头水月在天”的感觉。

十年前的年夜，我断然不会零点之前关掉手机。每一声短信响起都会令我欣喜。那时候总会把过年当成特殊的日子，总有许多企盼。那时候的印象里，过年是个契机。由于这契机，也许会逢着意想不到的惊喜。它是一个可以对早早就想表白的人公然送出祝福的时节，哪怕带点暧昧也无妨，因为借着过年的名义。最大的惊喜莫过于，你等待的人主动给你发来了祝福。虽然这种祝福饱含歧义，你不晓得是绸缪已久的祝福借着过年的名义，还是仅仅因为过年。

这样的人也许有点傻，他不晓得表白不需要契机，不晓得“日日是好日，时时是好时”。不晓得如果人家不喜欢你，任何等待都没有太多意义。杨千嬅的歌里唱道：一吻便颠倒众生。颠倒的众生只为执着镜花水月的吻，还要巴巴等一个过年。一春鱼雁无消息，九日樽前有所思，自己字斟句酌的祝福却被淹没在浩瀚的汪洋中不见痕迹。

但这样的人，也有他的幸福。因为抱有期待，会赋予一个普普通通的时节非同寻常的意义，会为平平无奇的风花雪月感春伤秋。立在闹市口怅望，听着千家的笑语，渐渐教北风吹起人世的忧患。

几百年前的除夕夜，有个叫黄景仁的诗人就是这样。他立在巷口的桥上看星星，没有月亮，星星显得很亮。他看了很久的星星，写下一首诗。他说，在这个除夕的夜晚，没有人认识我。其实，黄景仁并不孤独，因为那个晚上的星星和那首诗，几百年之后，每到除夕，都会有人想起他。

一个多月前，我在武汉晴川阁的禹王庙前看石壁上的刻诗。读到古代有个人，旅途漂泊，正在除夕夜走到了汉江。那首诗似乎不太好，以至于教我忘了是哪首。也许是崔涂，或者来鹄，但肯定不是元微之。虽然他们都写过除夕夜的诗。

除夕夜写诗的人太多了。想想今天发朋友圈的，就不难明白，古人也一样，也有秀存在感的需求，也希望在特殊的时节被人记起。他们没有手机，只好拿一支秃笔在汉江漂泊的小船上吟哦几句，也在等待一个许多年后喜欢他的人。

《古诗十九首》里有一句：“所遇无故物，焉得不速老。”其实，玉米成熟的季节是秋天，西瓜是盛夏，桃子是夏初，若真能丢了玉米换来西瓜，丢了西瓜换来桃子，丢了桃子去换一颗春天的种子，谁又能说不是很好呢。

# 暮年垂泪向西风

去年九月，我爷爷摔了一跤。放射科大夫说要手术，他不肯。过了几天，骨科大夫来上班，看了片子，说也许不是骨折，这么大年纪了，不想手术就慢慢养吧，于是出院回家了。

养了半年，春节时，我去看他，还只能坐在轮椅上。我给他买了些豌豆黄、核桃仁之类的糕点，从北京带回去。核桃仁他咬不动，已经九十岁了。

解手是最困难的，要保姆老太太把他扶上轮椅，推进小屋，坐在一张中间挖空的椅子上，下面放个马桶。我和我爸去扶，他不让。坐好后，让关了灯，所有人都出去。等解完手，老太太再进来扶他上轮椅。

马桶是胶桶，现在已经几乎见不到了。他住的地方没有洗手间。房子是 20 世纪 80 年代百货公司分的。他的几个子女，除了老大在乡下种地，其他四个都在这间老房子里住过。一共也就四五十平方米，最多时住了五六口人。我刚记事时，大姑一家三口都在那儿住。小姑未出嫁，也在那儿住。小叔在部队当兵，一张胸前佩戴大红花的军装照用大玻璃压在桌子上。每次小叔回来探亲，我都很兴奋。平时跟小伙伴玩，会经常说：“俺小叔还有一个月就回来了。”

小叔当了三年志愿兵，退伍回来，结了婚，东边房子就隔出来，做了婚房。我不懂事，和小姑坐在西北那间，小姑说是她的房间，我说你骗人，东南那间才是你的。没过两天，东西相通的两扇门堵上了。

我不懂什么叫分家，总觉得都是一家人，哪间房都是自己家的，干吗要从屋里堵死，进另一间还得从外面绕。后来渐渐感觉出，进出小叔的房间不能像先前那么随意了。不过，他刚有小孩的时候，我和表弟还是常常跑进去逗小宝宝。小宝宝不会走就学会了翻跟斗。大概因为小叔疼他多些，他第一声会叫的是爸。

等到东西两边堵死的门重新打通的时候，奶奶过世了。很快，小姑也出嫁了。又两年，大姑意外离世。四年后，我离开家乡读大学，小叔离了婚，孩子判给他，不到十岁。又过一年，小叔欠了一屁股债，带了孩子离开家乡，很多年不敢回来。

奶奶过世后最初几年，爷爷的日常生活主要是打麻将。后来牌友纷纷老病，也没精力再打了，只是看看电视。再过几年，电视也看得少了。那几年，每年有开发商来，说要拆迁，给两千块补助，算是一年的租房费用。一年后新房盖好，再搬回来。我爷爷不同意，说这么大年纪，再好的房子也不搬了。

同院的邻里，有个姓牛的，先前处得还不错，见了我爷爷叫声大爷。因为拆迁，领了两千块补助，拉了几个人，写了诉状，把我爷爷给告了。告了也没什么下文，有人来看看，又走了。又走不是因为我爷爷是钉子户，而是开发商越觉得这房子太鸡肋，一直踌躇到底还要不要拆。楼一共两层，二楼先拆，只拆了个角就停工了。年年都说明年拆，最近两年不说了，房地产不景气。说要拆的时候，乡下的伯父和他在城里的大儿子也来得勤了，隔三岔五往这儿跑。

坐上轮椅以后，爷爷原本枯寂的生活更枯寂了。老房子特别压抑，除夕夜的灯光都照不散陈旧的阴霾，暗淡得连小桌上的菜都影影绰绰看不清。我每次去坐，坐不多久就想走了。曾想过拿录音笔录下他讲的20世纪三四十年代的旧事。在他的叙述里，一生中很多时候，人命像灯草一样不值钱。新中国成立前闹土匪，有人领了土匪，半夜到亲舅家偷牛，房子扒个洞，牵了牛往外走，屋里人听见动静追出来，土匪拿枪崩死一个，另一个举起钉耙照外甥后脑勺刨过去，刨死了。

我爷爷是村里出了名的老实人，还有人威胁要弄死他，很长时间不敢回家。大饥荒时，家里饿死三口，爷爷也差点饿死，后来有人偷偷给了几斤麦，活下来了。我小时候一直以为父亲兄弟姊妹五个，后来知道是八个。

前些年，父亲说修家谱，爷爷也说，但一直没去做。今年春节，我要回北京的前一天，去看爷爷，特地拿了笔纸，问他家谱的事。其实我觉得，家谱在这个时代已经没有意义了。它只在过去那种人口流动极小又多儿多女的宗族社会才有意义。不过既然父亲和爷爷都提过这事很多次，我就趁自己走之前简单记录一下。

在那次简单的讲述里，我第一次知道家里还有个信佛吃素的人，是曾祖母。我一直以为她离我很遥远，却不知道她活了八十多岁，如果再多活几年，我小时候就会见到。她信佛的缘由很简单，家里穷，是“小媳妇”，也就是童养媳，很小就到男方家里来生活，因为不是亲女儿，怕婆婆说自己偷吃东西，就信佛，吃素，这样成天做饭也不会有嫌疑了。

这些故事我闻所未闻，书上从来不曾见到过。动过几次念头，想抽个时间听他讲，把那些录下来，但并没有尝试。爷爷去年腿摔坏之后，更沉默寡言了。似乎已经疲倦到没有气力和世界交流。一切过往只在脑海里翻来覆去地演。

前天又提起勇气，打电话给他。说提起勇气是因为，总觉得不知道该说什么。虽然是至亲，问候时依然有不知从何而来的不自然。隔了一阵不打电话，又为自己的自私与冷漠不安。确实没有这个道理，连身边的流浪猫都能天天喂，却不能给予老人经常的关心。每次挂掉电话，又像完成了任务似的轻松。

也许通电话并不能给他什么安慰，只能让自己的内疚稍微减少些吧。

保姆老太太接了电话，让我等着，用轮椅把他推了过来。爷爷拿起听筒，问我忙不忙，不等我回答，又说自己的脑子还清楚，前天去了一趟医院，检查了腿。我忙问检查结果怎么样。他说：“股骨头消失了，没有了。”我说：“怎么会没有了。”他说：“这么大年纪了，有轮椅就行了，也别想着再走路了，就这样吧。”然后挂了电话。我看看手机，通话时间还没等轮椅推来的时间长。

我心里有点不好受。他去医院的事，爸妈都没有告诉我，大概是他们觉得，告诉我也于事无补，又影响我的工作和心情。确实也是于事无补，我能做什么呢。不但爷爷的身体状况家里不告诉我，就连父母的身体状况，我不问时，他们也不说。

两个多月前，我妈搬重物，伤了腰，疼得走不了路。告诉我时，只是轻描淡写，说慢慢就好了。几年前也伤过，隔了好几个月才好。但这次要比那次严重。我五月去日本，在药妆店里看见治腰疼的贴片，就买了些，回来寄给她，她说药劲儿太小，不怎么管用。爷爷也贴了，感觉也一样，不如老中医的膏药有劲儿。但那些膏药有没有什么副作用，他们都不知道。等到药劲消退，病痛也不见好转。我妈只是说，等慢慢地好吧。

对疾病的态度，家里人一向如此。除了慢慢地养，似乎别无法子。对待生活的态度也像对待疾病一样，一天天都是凑合着过。搬家之后，连有线电视费都没交，我催促了几个月才交上。我爸说电视看得少，没必要装有线了。我说如果我有个家，哪怕从来不看电视，也要装上有线，只为哪天突然想看的时候可以随时看到。生活将就惯了，觉得凑合一天算一天，唯一重要的是挣钱。等到攒了许多年的钱亏了，生活重心又不得不转向，变成去讨还欠款。我妈前天还说，等年底钱要回来了，看有合适的房子就给我付个首付。

对他们而言，除了吃喝，并没有什么可以花上钱的地方。一辈子攒下些钱，除了买房和看病，就不知道该怎么处理了。如果不这样，就只能在股市里亏掉，或者被人坑了骗了，这大概就是老一辈的普通百姓一辈子的消费模式。也正因如此，在父亲眼里，讨要欠款比爷爷的骨折重要得多。虽然两件事都超出了他的能力所及，都不是他可以有任何办法的。而他能够做的，只是将忧心分配一下，在前一件事上忧心多些，在后一件事上忧心少些。

不但我父亲如此，在小县城的几乎所有家庭里，都是这样的情况。很少有人认为，上了年纪的老人摔一跤后不能行走是多么大不了的事，但举家积蓄一下成为难以追还的欠款就严重得多。也正因为有了这样的观念，他们一辈子只能生活在小县城，在为生计的奔波和操劳中度过一生。越是这样生活，就越来越牢牢地塑成“钱很重要”的认识，甚至重要过身体、家庭和亲情。口头上说“健康比金钱更重要”，朋友圈里转养生的鸡汤，临事抉择的时候，还是不能不在乎钱。

我问得细了，才知道，爷爷去医院检查，是因为疼得厉害。平时都没有人想到过送他去做例行的检查。我曾经有几次劝我爸去体检，他也一次都没去过。在他的观念里，反正也没有大病，小毛病是免不了的，检查就有，不检查就没有。知道了还影响心情，不如不知道。

我爷爷不能离开轮椅这一点，对他的每个子女来说，可能都不意外。甚至早在他刚刚坐上轮椅的一刻，所有人都接受了，并能预计到后来的结果并面对它。尤其是我在乡下的伯父，他一直想找机会把爷爷接到乡下，这样就能由他来领爷爷每个月的退休金。爷爷坐上轮椅对他来说，甚至不一定是坏消息。这让他有了更充分的理由接爷爷去乡下。

爷爷当然不同意，一旦到了乡下，连吃什么都不能自己决定了。春节时，爷爷对我说："天晴了可以下乡看看，但如果你大爷要留我住几天，不管咋样，走的时候你得把我拉到车上，不要把我扔到乡下。"

这次检查的结果，可能除了爷爷自己，没有谁感到意外。所有的人都能接受，一个九十岁的老人余生里再也离不开轮椅是多么正常的事情，就像人老了头发会变白一样再自然不过。正是这种自然，让我挂掉电话后心里酸楚。可又能怎样呢？越是年迈，就越会明白一切超出了自己的掌控。年轻时顶多是不能掌控与他人的关系，不能掌控命运，到老了，连身体都日渐丧失了掌控的能力。

生活从来如此，又能责怪谁、怨谁呢。我也从来没有为改善爷爷的病痛做过什么，除了心里默默期待，到了春天，暖和的时候，骨头会渐渐生长，渐渐愈合，一天天好起来。他不说疼时，我总是想，大概不疼了吧，慢慢就会好的吧。但如果仔细思量，就知道很难有那么一厢情愿的如意。一件事情不理会，只会慢慢变得更糟糕。这种一厢情愿，与其说是没想到，不如说是不愿面对，才去自欺。因为没尽到什么心和力，才拿一厢情愿的设想来为自己开脱。

我有个舅舅，他父亲是我外公的兄弟。他是个特别好的人。我考上大学那年，没有通知乡下亲戚。他听说了，特地坐车到城里祝贺，到家里放下礼金就要回去，说地里还有活要干。礼数在他心里非常重要，吃的喝的短一些没什么，礼数不能短。

后来我毕了业，到北京工作，初开始常去他家。他家里虽然简陋，却每次都为我的到来专门买些肉和鱼。北京太大，他又在六环，我慢慢去得少了。到后来，只有老家亲戚来时，我才过去看看。他以前住门头沟，后来因为拆迁，搬到高井。是低洼的平房，三口住，月租才 450 块。去年春天去时，见多了一位老太太，木然躺在床上，是他的母亲，我完全不认得。

老太太本来在乡下，由他弟弟照看，状态差得不行，他回家看见，心疼得慌，就接来北京。老太太下不了床，手不停抖，除了吃饭和解手时吱声，并不多说一句话。舅舅说，如果不是把老太太接来北京，肯定早就不行了。

他并不忌讳当着老太太的面提起她的病和死。他说："最好的情况是，老太太再活两年，然后得个病死掉，我也算尽孝了。别活太长，人家麻烦，她自己也受罪。"

我觉得这话很刺耳，但听的人里似乎没有谁不同意。还有不少人说，他本来就不该把老太太接到北京，三口在这里打工，妻子有病，孩子上学，已经很艰难了。

他们说起这些的时候，老太太就在旁边的床上躺着。手依然像原先一样地抖，皱纹和眼神里也看不出任何异样，仿佛他们谈的一切都和自己无关，仿佛自己和这个世界无关。而让我吃惊的是，后来发现，老太太并不聋，每一句话，她都听得清清楚楚。

舅舅喝了些酒，又说，话是这么说，爹娘活着的时候不觉得，哪天真死了，就不得劲了。说乡下谁家的爹瘫了，成天在门边的床上躺着，天天早上喊儿子来穿裤子。时间长了，儿子就想，还不如早点死了。瘫在床上，多活一天，多受一天的罪。后来死了，料理完后事，轻松了。夏天早上去地里干活，干完回来，把锄头往门边一立，想进去给他爹穿裤子，推开门，见床上空了，心里就难受起来了。

去年十月，爸妈来北京，也去了这位舅舅家。我以为他要在家里准备些菜，他却说到外面吃。他的收入是禁不起在外面吃的，舅妈常年有病吃药，老太太也卧病在床，他在超市打工，工资很低。但大概因为我爸妈是第一次在北京被他招待，他坚持要去吃羊蝎子。

他平时不常请客，既然请客，就把关系不错的另一家也叫来了。三家人先在屋里聊了会儿，说去吃饭，老太太不情愿了，她动不了，怕家里没人。一屋子人都在的时候，谁问候老太太，她都不吱声。等到说出去吃饭了，老太太开口了，说人都走了自己没法解手。舅舅给老太太冲了奶粉，把马桶拎到床边，老太太就不能说什么了。

舅舅一边把马桶拎到屋里，一边对满屋的人说，最好就是老太太再活两年，这样他也算尽孝了。一如他跟其他人说起这些的情景。说的时候，没有叹息和哀怨，就像在叙述一件再普通不过的事情，流露再简单不过的愿望。他仔细冲了马桶，把边沿上的水擦干，动作里也看不见有任何的不耐烦。在一个屋子里的所有人看来，这就是最平常的人生，不应激起生活中的任何波澜。

# 离开家乡的人为什么不愿回去？

142 年前的今天，一艘载着数十名中国儿童的船，驶向太平洋的风涛中。三万两千里之外，一个陌生的国度正等待着他们。航程还未过半，他们已能娴熟地使用刀叉，爱上了面包和牛奶——这是他们父辈无从理解和想象的饮食习惯。九年后，清廷将他们全部召回，没有一个人愿意回来。回国一年后，还有人给美国的家庭写信，表达国内的种种不如意。

十多年前，我不能理解这个故事，觉得那些幼童缺乏民族意识，不够热爱家乡。但今天，有人问我想不想回老家工作，我毫不犹豫地说不想。我问过一个朋友，他说，宁愿在北京端盘子，都不愿意回老家当公务员。假如我回到老家，不仅是我的失败，也是老家的失败——你看，老家培养出来的人，在外边混不下去了。

首先，一个简单的事实是，回到老家，你就失业了。我有个高中同学，在伯克利做博士后，硅谷有很多他适合的岗位，如果回到我们县，只能去当网管。而且还当不好，因为他管不住那些喝了酒在网吧撒尿的小混混。还有个同学在深圳大学任教，如果他回老家，只能当物理教师。我要回老家，只有失业，因为我们老家没有媒体。那里最大的媒体团队就是广场舞大妈，她们收罗全县的小道消息，传遍整个城区。

在我们县，一个人没法上街吃饭，因为找不到一家不把辣和油放到爆棚的馆子，找不到一家桌面洁净的餐馆。连肯德基、麦当劳都没有。要说穿，整个县城都买不到一件合意的衣服。就算大厦里死贵死贵的衣服，也洋溢着山寨气息，能让王家卫穿出王宝强的效果。走在街上，当外边世界流行的《小苹果》

退潮之后很久，老家的步行街飘出的歌还是“套马的汉子你威武雄壮”。

很多馆子没有洗手间，只有脸盆、毛巾、香皂。客人来洗手，盆里是前一个客人用过的水，泛着灰白的泡沫。但往来的人很少会介意这些。作为一个从小在这里长大的人，我自然也不会大惊小怪，手在浑水盆里搅两把，抄起劣质筷子，轰走咸菜盆上嗡嗡成团的苍蝇，夹一筷子放到自己碗里。回到家，蹲在马桶上拉肚子的时候，我明白自己已不再适应这种自小就习惯的生活环境了。

不要误会。对老家，我没有贬抑的意思。我只是如实承认，不再适应这样的环境。我不习惯走在大街上想丢个矿泉水瓶都找不到一个垃圾桶，逛遍全城找不到一间公共厕所。而十多年前的我，对这样的环境异常亲切。在外地见到脏乱差的地方，甚至会萌生一种“跟我老家差不多”的亲近感。但是，当你的生活习惯逐渐被你所生活的世界濡染、改变之后，就会发现，老家的不适远远多过了亲近。

老家有人娶了外地媳妇，带着孩子回家，婆婆喂小孩吃饭，先把汤喝到嘴里，尝尝温度合适，咸淡适中，再吐到勺里喂给孩子。孩子妈实在不能接受这样“不卫生”的习惯。但孩子奶奶说，她的四个孩子都是这么喂大的。20 世纪 80 年代，大陆同胞可以到台湾探亲了，有个家族有人 1948 年去了台湾，一个族的亲戚合在一块商量，人人都想去，后来亲戚凑钱，派了两个代表去了。代表回来很失望，说台湾的亲戚一点都不热情，嫌老家的人不卫生，没教养。

其实，这不是教养问题，而是环境问题。我回到老家，照样当街丢垃圾；和别人吃饭，照样大家用同一个酒杯喝酒，所有人都这样，喝到酒底，还得用嘴对着酒盅“嗞儿”一下，以便喝得滴酒不剩。如果你提出不用公杯，换上自己的杯子，别人面上不会说任何话，但全桌都会笼罩一层尴尬的气氛，因为你分明是在嫌弃亲戚们不讲卫生。

这种生活的根本，是因为粗糙。由于物质的匮乏，来不及去留意很多生活的细节。就算是土豪暴发户，在生活上也很粗犷。《舌尖上的中国》讲了好多穷乡僻壤间的美食。但真相是，穷乡僻壤之间，不可能有美食，只可能有天然的好食材。因为没有人有精力把吃捣鼓精细。不仅吃，在任何方面都是这样。没有足够细的分工，就不可能在文明程度上走得更远。

有个四川的姑娘，很早之前是李志的粉丝，那时候李志一点名气都没有。她在成都很难淘到李志的唱片。后来她到了北京，第一次逛唱片店，就碰见了和她一样喜欢李志，并对音乐有共同理解的人。

高手不可能存在于民间，在情感上、在传说里，存在；在逻辑上，在现实中，没有；尤其是在互联网时代。且不说搞理工科的人要有好的仪器设备来支持你完成实验，就算你搞历史，在老家，去哪里看出土碑刻和善本古籍？除非你要做个诗人。但小县城最不缺的就是诗人。你找来他们的诗看，如果不是曾经外出游历过的，往往诗格卑下，俗气逼人。

这种问题，根源在于不够开放，不够包容，从而滋生出狭隘、自大、故步自封的心理。对待故乡，最好的回报就像孔子所说的“使于四方，不辱君命”。一个人不应该躲在家乡为家乡辩护，说家乡有各种好。而应该行于四方，知事理、识大体，让外界的人通过你看到你家乡出来的人，是这样的面貌。他们会把这种赞誉归于家乡对你的教化，家乡也会以你为标杆来激励后辈，这是很大的荣耀，远远大过“宗族称孝，乡党称悌”。

# 广州城的温存

胖室友在我身后讲电话:“猴啊猴啊猴啊,海啊海啊海啊。”电话打了五分钟,有三分钟是在“猴啊”“海啊”之间来回切换。那是 2004 年,我第一次到广州。后来才知道是“好啊”和“是啊”的意思。打完电话,他扭头问我:“姜艺谋的《英怂》你看了没?”

我没有语言细胞,2011 年离开广州时,只能把三个粤语词讲标准。一个叫“猴赛雷”（好犀利），一个叫“毛阿雷”（没压力），一个叫“桑木黑”（伤不起）。广东人不仅讲普通话有口音，连英文发音也和内地人不大一样。字母G，内地人读作“季”，广东人读作“车”，“车马炮”的“车”。胖室友说：“我的硬盘有两个车。”我说：“我的硬盘有两个马。”“哪两个马？”“有码和无码。”虽然讲不来粤语，但粤语歌我还是超喜欢的。像陈奕迅的《富士山下》、王菲的《约定》，粤语版的境界比普通话版不知高到哪里去了。

广东人精力旺盛，好比四个核的CPU，八个缸的发动机。从粤语歌曲就能看出端倪，例如《红日》《皇后大道东》《难念的经》《浮夸》，绝对是鸡血飙满格，能量吊炸天。相较之下，“卧似一张弓”“少林少林有多少英雄豪杰都来把你敬仰”简直弱得不堪一击。我早些年读诗，读到黄遵宪、丘逢甲的诗，拍案愤击，想看二位是何方神圣，一查都是广东人。武林高手黄飞鸿、叶问自不必提，就算跨出了武打的领域，粤人也相当彪悍。试看学界的康有为、政界的孙中山、商界的李嘉诚，哪个不是一等一的悍将。

广东文化有三系：广府文化、客家文化、潮汕文化。广府文化的代表城市就是广州。广州城生活节奏快，广州人又充满干劲，自然也老得比较快。

这大概因为广州人一到退休之后就很会保养了，生活节奏突然变得出奇得慢。一顿早餐可以从 8 点吃到 11 点，称之为“喝早茶”。煲一壶汤、煮一锅粥，常常要花好几个小时。除了煲汤，广州的凉茶也很有名。在广州生存离不了凉茶，当地气候湿热，是古时候所谓“瘴疠之地”，要靠凉茶抵御百毒。凉茶里最著名的是“癍痧”，喝起来极苦，但祛热降火，化痰止咳功效奇好。十多年前内地还很少有凉茶，如今加多宝、和其正已随处可见了。北京西单附近还有个“邓老凉茶”的铺子。

我一直很好奇广州为什么还有桑拿这种项目。广州的夏天，只要在室外，就等于蒸桑拿，整座城市就是个大桑拿房，永远不透气。北京的夏天，一场暴雨过后，总还有些凉意，但广州就算一天三场暴雨，仍然剥不透热气。人就像蒸笼里的包子，要是没有空调，早就蒸熟了。

广州城一年有九个月夏天，三个月冬天，没有春天和秋天。如此漫长溽热的夏季，吃点儿什么能带来些安慰呢？甜品。甜品又叫糖水，读书时有师姐夜晚十点给我发短信“我们去小北门喝点糖水吧”，我激动得心里扑通扑通的，心想不就是开水冲点白糖吗，在宿舍不就泡了？还非得跑出学校喝，况且又这么晚，莫非……出去了才晓得，糖水就是传说中的广式甜点，而且对广州城来说，夜晚十点就像早上八九点一样——生活才刚刚开始呢。

2011 年元旦，我和几个同学一起去“小蛮腰”新年倒数，花城广场铺天盖地都是人。到了零点，大家才发现都被放鸽子了，并没有什么倒数仪式。随后，我们沿着珠江南岸一直走回中大，江边许多玩轮滑的、耍单车的、弹吉他的、卖冷饮的，好不热闹，当时已过了凌晨一点，这在北京是不可以想象的。正因夜生活丰富，广州的 24 小时便利店特别多，几乎随处可见，而北京，即便是在中关村这种地方，夜晚十点后想找个吃东西的地方都很难。在北京打车，半天拦不到一辆，好不容易拦下来了，又有各种不载的理由：下雨了，不载；下班了，不载；跑得近，不载；跑得远，不载；心情不好，不载……

北方人初来广州一般都会不大适应，一是水土不服，容易上火；二是不习惯广式的幽默。有个段子说，鸦片战争前，中英原本在广州谈判，谈判桌上，中方说我们可以开放贸易口岸，英人大喜：Deal! Delay no more! 老广官员闻言勃然大怒，不等翻译即拍案愤然离去，中英就此开战。

南北笑点不同。赵本山的笑点戳不中南方人的肋骨，他们有自己的喜剧明星，比如周星驰、黄子华。黄子华的栋笃笑在广州香港一带极为流行，而且非常有内涵，可惜内地人对此知之甚少。据八卦，周立波在创立海派清口前，专程去观摩学习过黄子华的栋笃笑。彭浩翔的电影在广州香港都非常叫座，满怀雄心跑来北京拍个《春娇与志明》，却并不怎么被北京人看好。帝都的文化是高高在上的，每个开出租的师傅都是百科全书兼时政评论员，而广州人不关心这些，他们只关心怎么活得滋润、玩得自在。

广州有的人看起来有点笨，死脑筋，不会转弯。比如我的大学同学，广州人，经常做了一个PPT，逐字逐句地问我妥不妥当，这里是不是要加个“的”，那里是不是要去掉“了”，哪种字体颜色好看等。这些在我看来全是无关紧要的，可他很认真，每个细节都仔细抠。后来效果一出，把我镇住了。再后来，他去香港读了博士。他并不是特例，好些我认识的广州人都如此。我想这就像广式煲汤，看起来烦琐考究，可如果火开大一点儿，或者省去一两道看似无关紧要的工序的话，味道就出不来了。

或许一切事物都如硬币的两面。当地人看起来笨拙，实际上精明。豪放是表象，温存才是内里。在广州，酒桌上一般只喝啤的和红的，北方那种逼着人把白酒往死里灌的酒风很少见。广州有种柔弱女子的气质。曾经我宿舍楼下有两个大块头的肌肉男吵架，互相指着鼻子骂，骂了足足有半个钟头，可是没有一个人动手。我室友说，这要是在北方，早就打起来了。

这座城市有一种女人特有的温存，不会记得你的坏，只会记得你的好。我读研时曾经在外面兼职代课。在广东女子学院代课时一天八百块钱，教务处给我配了助教，每次上课帮我擦黑板、开多媒体，中午还要带我到办公室休息，很辛苦，每月只有两百块的补助。课程结束后我请她吃了顿饭。过了几个月，她在QQ上跟我说，她们村组织村民去上海看世博会，打算回来带个手信给我。我问她什么叫手信，她说手信就是小礼物。

后来我又在广东旅游学校代课，那里好多学生毕业之后当了导游，经常带团来北京玩儿。他们有时来了北京约我见面，我却只能找理由搪塞婉拒。因为来北京出差的朋友熟人实在太多了，关系很好的朋友尚且应付不过来，更不用说是仅仅听过我几堂课的学生了。离开广州两年后，有天我在微博上收到一封私信，没说有什么事，只说“不回我你就死定了”，我一看名字，对她还有印象，她是当时少数从来不逃课的学生之一。我挺感激她，因为那时看着班里大片大片的座位空着没人来，就像盯着自己大片大片的伤口一样，来了的学生又常常提前一个个溜掉，我心里就会特别挫败、特别无奈，后来经历新书发布会时的冷场都不足以和那时相比。不过我还是没有时间和她见面，而且也明白由于各自境遇不同、阅历不同，我们之间恐怕也找不到共同的话题好聊，于是只好未予回复，还生怕她要默默记恨我。过了好一阵儿，到了教师节那天，却收到她的一条微博艾特我说：“老师，教师节快乐！已经远离考试了，可是总觉得现在面临社会上更严峻的考试……”

我在广东生活了六年，有四年是在广州度过。直至离开，我也没能完全融入这座温存的城市，不过，广州城却给我留下了不可磨灭的印记。如果你问我那些印记在哪里，我无法从内心深处把它们一起发掘出来。可是，你看此文开头的第一句话，我本来一直是说“打电话”的，可一个不小心，就说成了“讲电话”。

# 卷三·扯咸淡

## 没钱的旅游就是瞎扯

钱钟书《围城》里写过一家“欧亚大旅社”，黄泥地上搭一张棚子，算是餐厅，桌子像“范进给胡屠户打了耳光的脸”，能刮出斤把猪油，咖啡上面浮着一层白沫，赵辛楣说像唾沫。要了一碗面，又腻又黏，像糨糊，方鸿渐说，我看这里面有鼻涕。

这种酒店，我也碰到过。上学时，好不容易出去旅游一次，图省钱，住的就是这种地方。那时候网络还不这么发达，不像现在，有了智能手机，一搜一大堆酒店，挑个合适的就行了。当时到一座城市，找酒店就要先逛半天，从一条街跑到另一条街，就想撞一家性价比高的。人家见是穷学生，就给你推荐最便宜的。一看，不能住，连窗户都没有，又潮又暗，像监狱。出来玩本来是图开心的，住到这里，再好的心情也没有了。

太贵的又住不起，就一家一家找，一条街一条街跑。最后还真撞到了，宽敞明亮，价钱还不贵。开开心心住进去，觉得捡了不小的便宜，沾沾自喜。去洗手间冲个澡，淋浴喷头是坏的，叫来老板娘修好了，洗完澡，拿浴巾擦身子，发现浴巾上有又黄又硬的一块斑。

打那儿之后，没钱我再也不敢出去瞎浪。但在网上还不时会看到流行的帖子，写去一个地方玩的省钱攻略。那都是瞎掰。但凡省钱的攻略，都不可能玩得舒服。要不就是，钱省下了，但欠下别的了。

比如有些同学，他专挑哪个城市有熟人，就去哪个城市玩。这跟我不一样，我去一个城市，除非关系特别近的，能不联系就不要联系。大家都忙，本来就不熟，去了又要麻烦人家，心里过意不去。坐在一起也没有什么好聊的，纯粹为了“巩固感情”才见面，必要不大。不过那些专挑熟人的呢，目的不在这儿，人家才不管跟你感情是深是浅，人家目的就是蹭吃蹭住。住外边得花钱订酒店吧，住你家里，酒店钱省了。

这样出门，钱是省了，但伤了人品，是很不划算的。尤其对于女生来说，出门旅游图省钱，更会增加不少风险。不要想着当沙发客到人家家里蹭住，或者在进藏路上搭个免费的顺风车。虽说对待世界要抱有善意，但警惕之心不可不有。一个陌生人看到漂亮女子，又是独处，即便最终没有发生什么事情，也不代表危险就没有在身边潜伏。赌运气的事情尽量少做为好。如果推究一个人的真实欲望，他想帮助你并非真的是出于善心和好意。而若追查自己的动机，很多人这么做显然并不是为了体验不同的生活，跟陌生人近距离接触，而最主要的动机还是图省钱。所谓体验生活只是不好意思说出“图省钱”这种心理的自欺。

所以，要想出门旅游，第一步要做的不是网上到处找规划做攻略，而是先把荷包里装满钱，让卡上有充足的流动性。武侠小说里为什么豪杰浪荡江湖那么潇洒任性，就是因为可以把一锭银子往桌上一扔：好吃的只管上。我们虽然做不到那么任性，但起码得对得起自己出门一趟，至少要吃得舒服，住得舒服，不压抑，不蹙迫。

出去玩不能赶时间，如果赶着时间把一堆景点压缩到一天半天看完，就没意思了。现代人急功近利的思维作祟，任何事都追求效率,连出门旅游也求效率。而旅游之所以有它的必要性，就在于它是一种反现代的生活方式，是古典的生活方式，可以优哉游哉，从容地在溪边坐上一天半天，一壶茶对着雨喝一个下午。

如果计较多住一天就多花一天的房费，还不如待在家里不要出来。反正网上“假装在 ××”的攻略也不少，要是为了晒晒朋友圈，琢磨下这些攻略就够了。要是真的想旅游，别整虚的，先挣钱吧。

# 渣男眼里见淫女

写小说是造业。写坏人，坏人脑子里有多少龌龊的想法，干过多少肮脏的事，都会在作者脑子里上演。一个人不知道世界有多坏，人心有多坏，就写不好坏人。

而世界之所以那么坏，不是坏在别处，正是坏在他的眼睛里。

看《多情剑客无情剑》，非常同情古龙。他太可怜了。古龙是个变态，他作践女人，又得不到女人的爱。金庸铁定写不出林仙儿这样的女人。他不忍心，但古龙忍心，因为古龙就生活在那种世界里。

古龙把林仙儿写成江湖上最漂亮的女人，却让这个女人充满恶毒心机，跟所有能上床的男人上床，唯独拒绝最爱自己的阿飞。最后，当全世界都知道这个女人何等坏时，她去找阿飞，想在阿飞那里得到一如既往的慰藉，阿飞只说了一句："我只奇怪，我以前怎么会爱上你这种女人的！"

古龙写道：

"这一句话就已足够将林仙儿推入万劫不复的深渊。

"阿飞慢慢地走了出去。

"他精赤着上身走了出去，走入雨中。

"雨很冷。

"可是雨很干净。"

古龙喜欢分段，往往三几个字一段。今天一句一段的人，都要拜古龙为祖师爷。他这么做有原因。同样的字数，分段多，书就厚，定价就高，稿费就多。

古龙拿了稿费，就去找酒和女人，开加长林肯，后备厢全是名酒，车里全是美女。

但古龙缺爱。

因为缺爱，他要作践林仙儿，把一个女人写得如此不堪。林仙儿被阿飞抛弃后，不知所终。许多年后，在长安城最豪华的妓院，有个最漂亮的妓女，据说是江湖第一美人，但她不承认。她要的不是钱，是男人。每天要换十个男人。古龙写：

“开始时，当然有很多男人对她有兴趣，但后来就渐渐少了。

“那并不仅仅是因为她老得太快，而是因为大家渐渐发现她简直不是个人，是条母狼，仿佛要将男人连皮带肉都吞下去。

“又过了几年，长安城里最卑贱的娼寮中，也出现了个很特别的女人，而且很有名。

“她有名并不是因为她美，而是因为丑，丑得可笑。

“最可笑的是，每当她喝得烂醉的时候，就自称是江湖中的第一美人。

“她说的话自然没有人相信。

“雨很冷。

“冷雨洒在阿飞胸膛上，他觉得舒服得很。”

写下这句话，古龙舒服得很。报复的快感遮住了心中剧痛。

古龙把对世界的最大恶意，给了林仙儿。他通过自己的笔报复，报复那些他极度渴望又不能得到的东西，报复背叛过他的人。

堕落的女人有的是，但不会像林仙儿这样极致。也不会像林仙儿这么美。美这种东西，没有第一第二。喜欢，她就美；不喜欢，她就不美。古龙把“江湖第一美人”的称号给林仙儿，就是要令她白璧无瑕。“江湖第一美人”，这个封号超过一切赞誉。相较之下，别的都无足轻重。

而古龙之所以给林仙儿这么高的赞誉，正是为了把她摔得粉碎。对一个女人最恶毒的诅咒，莫过于谁都可以睡她。古龙把最高的赞誉和最恶毒的诅咒，归到林仙儿一个人身上。他要从林仙儿的粉身碎骨中，得到血脉愤张的快感。

古龙真可怜。

金庸也有喜欢却得不到的女人。他用自己的方式表示倾慕。女人告别香港，移民加拿大，《明报》一连几天头版头条全是她的消息。

不知金庸夫人会作何感想。

当时的金庸夫人，是第二任妻子朱玫。《明报》这份撑起金庸一生事业的报纸，正是她变卖首饰支持金庸创办的。

年轻的金庸也喜欢意淫。他写韦小宝、段誉、张无忌，喜欢让女人众星捧月地环绕在男人周围。青少年男性很少不爱看金庸，因为金庸满足他们的意淫和幻想。哪怕你喜欢的女人最初得不到，最终也会得到。阿珂后来越来越依赖韦小宝，苏荃这种高高在上的教主夫人也成了韦小宝的床第之物，王语嫣跟了段誉。

金庸不够尊重女性。很多女性在金庸笔下像物品，只是为了衬托男性的魅力才存在。虽然也偶有出色的人物，像程灵素、赵敏、任盈盈，但她们的光芒和苗人凤、萧峰、郭靖相比，总是不够亮。

后来，金庸离婚了。因为他有了外遇，被夫人发现。金庸喜欢上一位比他年轻 29 岁的酒吧女侍者。为了她，向妻子提出离婚。当时是 20 世纪 70 年代后期。

1994 年，北京三联书店拿到金庸的独家授权。1997 年，《天龙八部》黄日华版上映，这是金庸在大陆最巅峰的时刻。也就是在那个时候，1995 年，香港铜锣湾街头，有人看见朱玫在路边卖手袋。别人告诉金庸，金庸说：“不至于吧。”1998 年，朱玫因肺痨菌扩散死于湾仔律敦治医院，享年 63 岁，亲友都不在，死亡证明是医院护工保管的。

后来做节目，金庸说：“我心里感觉对不起她，她现在过世了，我很难过。”

金庸的儿子死于 19 岁，自杀。有说是因为失恋，有说是因为父母闹离婚。金庸痛不欲生，希望从佛经中寻求庇护。终于在读《阿含经》时，渐入其味。这是金庸自述学佛经历时说的。其实，金庸遇见酒吧女侍者，就是儿子自杀那一年的事。

到了晚年，金庸皈依佛教，动笔修改毕生著作。改到《天龙八部》结尾，金庸把王语嫣从段誉身边拿走，还给了慕容复。

其实不能说还。最初让王语嫣跟了段誉，就是一厢情愿。

如果某人一开始不爱你，很可能一辈子都不爱你。

少年读金庸，会对爱情抱期许，相信精诚所至，金石为开。后来知道，那不是现实。看清了这一点，就难免悲观，失望。

林夕歌词写得很好：

**怪大地众生太美丽**

……

舍不得璀璨俗世

找不到色相代替

参一生参不透这条难题

……

金庸74岁时才透露，自己是被第一任妻子背叛了。朱玫是他第二任妻子，他功成名就后伤害了她。

金庸说："第一次结婚的时候，她很爱我，我很爱她。但事后离了婚，你问我后悔不后悔，我说不后悔。因为在当时条件下，大家好真心真意的。事后变故，大家没办法知道。"

大概因为这种性格，金庸才高寿。

而古龙就英年早逝了。

古龙弥留之际，睁开眼睛，周围太多兄弟，都是社会名流。古龙扫了一眼，失望至极：

"为什么我的女朋友们一个都没来？"

因为你作践女人。

古龙以为自己是阿飞，复仇的阿飞。所以他要写出那句最伤人的话："我以前怎么会爱上你这种女人！"

阿飞走后，林仙儿忽然狂笑起来，狂笑着将阿飞的衣服一片片撕碎，“我怕什么，我这么漂亮，又这么年轻——只要我喜欢，要多少男人就有多少男人，我每天换十个都没有关系。”

古龙搞错了。其实他是林仙儿。

古龙有很多钱挥霍。钱让女人都围绕在他身边，也是钱让他的感情变得廉价。受了感情的欺骗和背叛，古龙变得像狼，他要将女人连皮带肉都吞掉。他一天需要十个女人，但没有人能给他值得珍惜的感情。值得珍惜的感情，不可能以这种手段得到。

在爱上，古龙是乞丐。他先是在长安城最豪华的妓院，后来沦落到长安城最卑贱的娼寮。他想通过酒和性的奢侈来得到情感的慰藉。但那不可能。一个人越去挥霍自己的肉体和感情，那些就越不值钱。物质世界的金钱，和精神世界的情感，完全是两码事，没有办法交换。

世界是一样的世界，江湖是一样的江湖。不同的眼，见出不同的爱恨情仇。

在面对背叛和引诱的时候，人的底色就见出来了。

很遗憾，金庸和古龙都不是大侠，金庸是俗人，古龙是渣男。

## 如何是相契的人

初中一年级的时候，我有一支不错的钢笔和一个不错的同桌。有一天，同桌要借我的钢笔做作业，我却落在了家里。他就用自己的圆珠笔把作业做完了。刚写完最后一行字，我在抽屉里发现了钢笔，原来并没有落在家里。

我生怕他以为我骗他，就把钢笔藏在了眼镜盒里。我们的抽屉是连通的，中间没有挡板，他很容易就看见我的抽屉。

谁知，刚上第一节课，他看不清黑板，就伸到抽屉里拿出我的眼镜盒，要借我的眼镜用。我怕他发现钢笔，就抢过眼镜盒，说：“不行。”他愣了，带着一种错愕的眼神看了我半天，点点头，说：“行。”我整个下午都很难受。第二天，主动把钢笔借给他，他不用了。

初中二年级时，他父亲调动工作，他转学到邻县了。两年后，读高中，他又回来了。一次路上碰见，互相打了招呼。这让我想起从前的误会。我想，也许哪一天，路上再偶遇，可以把从前的误会说清楚。再想想，又觉得似乎过去的事不该再提了，再提倒显得自己心眼儿小，陈芝麻烂谷子记得那么清楚。

所以不能主动找他，要等一个偶然的机会。偶然见面，偶然聊起来，偶然说起以前。在偶然的偶然中，疙瘩就解开了。总之，不能强求，得等时机。遗憾的是，我心里筹谋了许久，却再也没有碰见他，直到一天晚上。那天晚上，天已经黑了，远远有个人朝我打招呼，没看清楚脸。走过去很久了，我突然觉得：会不会是那位同桌？！

整个晚自习，我都在琢磨这事儿。快下自习的时候，我想了个办法，写了张小字条，跑到他们班后门，让同学递给他，然后转身溜了。字条的大致意思是，因为天黑，没看清你，不好意思。我没有在字条上署名，因为不确定到底是不是他。

那之后，再也没见过他，也没有任何消息。多年之后，想起这事，我不再感到遗憾。不再把是否多他这么一个朋友，看成十分重要的事。但我偶尔会琢磨那一场误会。

如果是现在的我，坐时光机穿梭回去，大概会在发现钢笔的第一刻就如实告诉他。当时为何没那么做呢？大概因为，这件事实，并不足以令人信服。“怎么我要写作业，你的钢笔就找不到了，刚好写完最后一行，就找到了呢？”很难解释。巧合之所以是巧合，就是因为它看着不像事实。

事实不是同时展露给所有人的。一个人看见某个事实，或者，把假象误以为事实，该如何告诉别人呢？如实告知，听起来像谎言；不如实告知，就自己制造了谎言。

这样的事情发生的时候，就是考验两人关系的时刻。一旦处理不好，关系就开始破损。而且破损之后，修复起来会有很大的难度。

真正玄妙的，是撒谎开始出现的时刻，并不是我告诉他钢笔落在家里时，而是我发觉自己先前的错误时。这时候，什么都不做，就等于是撒谎了。

佛家叫妄语。妄语的过失，并不是开口才有。很多时候，一个人缄默不语，也造了妄语的业。

一个人想不撒谎，真的很不容易。因为在很多时候，“撒谎”不是一个举动，“不撒谎”才是。麻烦之处在于，人们有保持静默的惯性，在事情业已糟糕的时候，宁愿什么都不去做，这样，似乎可以不必归咎于己。什么都不做，不需要承受新的压力；而去做点什么，却需要有新的动力。

因为这个，很多人没有勇气，没有动力，去解释清楚误会。正因为纠结于此，我才在考虑了两节晚自习之后，决定写一张小字条送到他班里——如果不是他，就算了；如果是他，至少澄清一下误会，免得他觉得我不念旧情。

但这种澄清，是否多此一举，我并不清楚。同别的朋友聊起，他们多说大可不必。多大的事呢？下次见面解释清楚就好了。但真的不知道什么原因，那以后我们再也没见过。

事到如今，我不再在乎当时这种处理方式是否有过失。更在乎的是，今天是否依然会犯下同样的过失，失去新的朋友。

但琢磨下去，我发现，很有可能依然会。甚至，这样的过失有它不可避免的地方。因为，“谎言”的复杂超出了我的想象——谎言很多时候并不是一个人单独制造出来的。你想表达一样意思，别人解读成了另一样，谎言就成立了。而尤为复杂的地方在于，同样一句话，从自己口里说出，过两三年自己再品味一下，和当初想表达的味道也许就截然不同了。

这就是为什么我很多时候羞于看旧的短信。一时以为说了很有分寸很得体的话，时过境迁，自己再看，就觉得有点害臊。从前辞职，给领导的短信中表露了种种情绪，自认为说得很好，后来偶然翻到，羞得不忍卒读。由此更加明白，一时一地，想让自己的观点、心绪被别人捕捉到，而且捕捉得精确无误，实在是很难。

很多时候，也许对方所理解，和你所表达，根本不是一码事。有时候，误会能让两个人成为朋友。有时候，误会的澄清倒让两个人友谊消失。通常，只要你认为他得到了你的意思和情绪，他也这么认为，就可以了。就能够说，这两个人，是有缘分的人。

但这样的缘分并不是恒常存在的。一个人经常会因为生气，或者情绪低落，说出无遮拦的话，做出不达意的举动。在这种时刻，能透过他并非一如内心的话和举动，推求出背后的曲折和委婉，才适足以成为理解他的人。

但很多人，只能理解浅显直白的表达，而不能理解隐衷。哪怕是最亲密的关系，也很难做到。于是，在交流之中，一些细微的表达偏差，就会被放大。“话赶话”就是如此，赶着赶着，双方所说都偏离了真实想法，但彼此都固执地以为，对方所说就是真实所想。于此，情绪的对立就越来越激烈。

今天，再想起那位同桌，我会重新审视这么一重关系。会觉得，也许本来，我和他就不是有缘分的人。真有缘分，当时就该说开。而且，真有缘分的话，一时的误会，不足以成为许久的隔阂。就像坚冰，遇到太阳，会很快涣然冰释。我又何必担心如实告诉他而造成误解和怀疑呢？这种担心恰恰证明了，我们之间并非真的相契。

真正的相契，大概就是，彼此之间在表达想法的时候，没有那么多的顾忌，又用不着太费力吧。

## 英语，内向，坑

我在奥林匹克公园的下沉商场休息，旁边有对母女。走过来个外国人，女性，三十多岁的样子。小女孩朝她招手说“Hello”，她也微笑致意，女孩就在妈妈耳边低语一句，抿嘴一笑，跑去追外国女人了。她妈妈在那里等了很久，女孩都没有回来。我明白过来，大概是暑假来北京旅游的孩子，看见老外觉得新奇，想找个机会练口语。

突然觉得这样的场景很遥远。我第一次见外国人，是在高中毕业之后，也是到北京旅游。我们县城，几十年都见不到外国人，我爷爷今年 90 岁，一辈子没见过老外。我那时候在颐和园，把相机递给老外，请他帮我拍照，很难说是想拍照还是想跟老外搭讪。

他帮我拍完画舫，我说“Thank you very much”，后来，朋友讲，美国人一般不这么说，一般说“Thank you so much”，或者“Thanks a lot”，但我哪里知道呢，九年制义务教育课本上都是那么教的。

读研时，除了必修英语还有口语课，英语老师是中国人，口语老师是外国人。那个外教带全校所有研究生一年级的口语。他很跋扈，记下每个学生的电话，随时拨打，如果你接电话时说“你好”，就无法及格，必须说“Hello”。他还准备了很多 Speak English 的卡片，让学生贴在宿舍门、床头、自行车上。他会用同学的电话打给你，或者派学生助手给你打电话，如果你不知道，以为是同学，说你好，就不及格了。他要让学生养成跟爹妈说话都是开口 Hello 的习惯。

当时英语角也很火。去英语角的人一般有两种目的，很难分清是为了练口语还是为了泡妞撩汉。颜值高的人，无论口语多么蹩脚，总有异性来搭讪。如果颜值平平，口语却很好，也会围来一圈人。因为有了选择的余地，他往往跟异性聊得更热，对其他人只勉强敷衍两句。那些口语又烂，颜值又不高的人，在英语角里总是被冷落的角色，一个晚上都在看别人互献殷勤。

辅导员在讲座上，再三强调英语的重要，还提到一位师姐，说她非常牛，英语很厉害，连男朋友都是西班牙人。校园里，很多女生会为自己谈了一个外国男朋友而骄傲，似乎因此比别的女生高了一等。也有很多人反感。在他们眼里，似乎女生跟老外谈恋爱，一定是有所图谋。很多人一边恨自己不能跟老外搭上关系，一边骂别人和老外拍拖。我不知道今天的高校里，这种心态是不是有所改观了。但在我成长的环境中，那种心态是很普遍的。

我高中的时候，正是李阳的疯狂英语比较火的时候。李阳搞全国巡回演讲，也到了我们县。但我们县流传的版本，是另外一种，是说我们校长本事大，把李阳都请来了。我们校长也教英语，只教我们一个班。因为是校长，比较忙，半数的课都是找人代。李阳演讲之后，别人就说："一高的校长很厉害，能用英语跟李阳对话。"在他办公室里，挂着和李阳并肩坐在沙发上的合照，背景是毛泽东的《沁园春·雪》。

那是好多年前的事了。离开家乡这么久，也没有再想起过。直到看见来北京旅游的小女孩丢下妈妈去追老外，有一种说不出的滋味。

这种做法值得肯定吗？如果在我们县城，在教过我的中学老师那里，肯定是的。那些成天泡在英语角、把李阳的方法奉为圭臬的人，不正梦想着把自己变成这样子吗？

我一直很反感李阳的教法。他是把孩子往有缺陷的人格上去引导，但这种引导，在很多老师和家长看起来是值得鼓励的。李阳撕破喉咙在操场上喊"Shake the world"，下面的学生也挥着拳头喊，喊完蜂拥上台买他的书。这是病，但直到今天，在很多地方，还有很多人渴望成为这样的病人。他们恰恰认为这不是病，他们认为这是健全，是有力量的表现。

如果是我的孩子，要找一位陌生人聊天时，我会叮嘱她：你要考虑自己会不会受到别人的欢迎，你的聊天会不会让别人觉得有兴趣，你会不会耽误别人的时间。但很多人不问这些，只问能不能给自己带来什么。

也许别人很难从“你来自哪里？”“你喜欢中国吗？”“你去过长城吗？”这些问话中得到乐趣，但出于礼貌，也不会拒绝一个小姑娘聊天的请求。那么，小姑娘的搭讪其实不太礼貌。但她可能留意不到这些，尤其是在这种行为得到了老师和家长的鼓励时，更会沾沾自喜地认为，这是自己热情主动的报偿。

人应当为别人多考虑一点。但很多人不会。就像聊天，很多人完全不去想自己的闲聊是否对别人构成打扰。他以为自己在享受乐趣，别人也一样。

聊天应该讲究时机。比方说，坐在车上百无聊赖，目的地还远，就不妨聊几句，或者在开会的间隙，出去抽根烟，也可以聊聊。彼此毫不妨碍。但在我成长的文化环境中，很多人觉得，能聊是本事，尤其是能跟比自己社会阶层高的人聊，更是本事。如果一个人不能聊，就会被看成能力上有缺失。

在求学生涯的很多年里，我被这个问题困扰。几乎所有人都在讲，你的英语学不好就是因为你不够主动，不够厚脸皮。他们讲，你要敢丢脸，不仅是学英语，做一切事情都要敢丢脸。不敢丢脸，什么事情都做不成。在这种氛围的熏陶下，性格内向成了一种不可饶恕的罪。

这真是极大的流毒。世上有很多工作是给内向的人准备的。如果一个人不擅长交际，他更应该去寻找一份不太要求交际的工作，而不是把自己扭曲。很多东西难以改易，至少不是一辈子可以改易的。但受了周围舆论的蛊惑，再看自己就充满瑕疵，不能认同。我从那样的环境中走过来，屡屡动摇过很多次，直到今天，周围还有人不断向我灌输那些道理。所幸我生活得还好，甚至比很多教育我要学会丢脸、要热脸贴人冷屁股的人生活得还要轻松一些，所以可以不太在意。

想到这里，正吃完饭从商场出来，门口被一个小伙子拦下，塞给我一张传单，“你好，需要学英语吗？”

# 师傅，我到望京，不好意思

我住在望京，离首都机场最近的商业中心。

刚搬到望京时，出差回来，在T3航站楼下了，坐上出租车，师傅笑着问："小伙子，去哪儿啊？"我说："望京。"师傅立马不笑了，一路再没跟我说过话。

屡屡出差，屡屡这样。有次，出了航站楼，我告诉师傅去望京。他脸色一青，说："×，排了三小时，拉个到望京的，真是点儿背。”

我虽然不高兴，倒也有点儿释然。毕竟你耽误人家挣钱了，本来心里是歉疚的，人家生气，骂出来，我就觉得没那么亏欠了。但有些师傅，憋着一肚子怨气，又不方便表现出来，一路闷闷不乐地往前开，就让人不好受了。

因为这个缘故，我想过不坐出租，改坐机场大巴。但坐过一次就不想再坐，在寒风中等候半个多小时，还要忍受闻之欲呕的大巴气，晃得人晕，下车还得走半小时路。想想，宁愿挨骂，还是坐出租吧。

挨骂倒是小事，平时写文章，被网友骂习惯了。怕的是，哪个师傅拉了我，一天的好心情基本上就毁了。虽然不是你有意要毁人家的好心情，但毕竟因为你。我原先不知道，在首都机场等旅客的出租车要排队三四个小时，大冬天，大雾霾的，排几个小时队，拉个最近的，是谁谁不郁闷？

但又有什么法子呢。任何出租车司机，只要你跑机场，就躲不掉这种可能。哪怕你服务态度再好，对人再热情、再客气，开车再快再稳，也不能保证拉不到住望京的乘客。飘茵堕溷，就是这样。同一棵树上的叶子，有些落下来，飘到地毯上，有些落下来，掉到茅坑里。这就是命。

这是范缜用来反驳萧子良的比喻。可惜萧子良学佛不精，后面就无话了。要照佛家的看法，掉茅坑的树叶，也不是无缘无故的，也有掉茅坑的因——你刚好长在茅坑前面，恰好在你落的时候，起了一阵风吹向茅坑，人家高一点的树叶，飞得快些，坠得慢些，就飘过了茅坑，你飞得慢，只好掉进茅坑。

也有本来离茅坑挺远，怎么看都不像能掉进茅坑的，结果他跑得快，撞到别的树枝一拐弯，恰巧拐到茅坑里。就像我和一个住良乡的同事同时出来，两个师傅前后在等，本来同事在前边，前边师傅看我行李少，就让我坐他的车，他要知道同事去良乡，还不后悔死。也有个师傅机灵，看我跟同事一起出来，先问我去哪里，我说望京，他就让我坐后面的车，但他不知道那个同事住东辛店，比望京还近几公里。

说到底，自己没有办法主宰决定所遇的一切。没办法主宰，是无我。没办法决定，是无常。但无常之中，若有愿力，依然可以改换命运。一片叶子如果死活不想落茅坑，也不至于一点辙儿都没有。

比如从日本回来，要在机场还随身 Wi-Fi，我知道排队的人特别多，如果赶在后边，一小时都排不上，所以出了飞机就往外跑。同事说：“急什么，慢慢走嘛。”他本来坐在我前边，结果我到家了，他还在排队。这跟上了公交车想有位子就往最后面走是一个道理。如果你能多看两步，至少掉茅坑的概率没别人那么大。

我就见过一个有愿力的师傅。我忐忑地跟他说：“去望京。”他说：“好嘞。”把车开得飞快。从他的表情和跟我说话的口气中，看不到愠怒。他只提了一句，说排了四小时队，但也不是要责怪我的意思。直到从大山子出口拐出来，前面堵了半天，他才开始着急了，右打方向，从左转道换到直行道，超了许多排队等灯的车辆，插到最前边左转了。我问他：“干吗这样开？”他说：“我要一小时返回去，就不用再排队。”

那个师傅给我很深的印象。这样很好。当然不是说违章驾车很好，而是说，即便他不能按时返回，也会觉得是自己力量不足，不会推诿于别人，认为一天的糟糕心情是拜别人所赐。因为有这种愿力，自己对结果的掌控就多一点，虽然也有失望，但遗憾毕竟少些。

打那之后，每次出机场，我都期待碰见那样的师傅。碰见什么样的师傅也是我的福报不同，如果碰见骂人的师傅，就是我这一天的时运不够好，碰见第二种师傅，就是时运好一些。但飘茵堕溷，依然不能由我来决定。

不过，我总期待自己有力量改变点什么，不至于总束手无策，寄期望于时运。我就发愿，再坐出租，尽量不要让人家师傅生气。

最近一次出机场，师傅殷勤地帮我把行李放进后备厢，让我到车里坐下。因为抱了个大书包，我原本想坐后面，但想想，觉得坐前边会好一点，就坐上副驾驶，对师傅说："师傅，我去望京，有点近，不好意思。"

师傅没说什么。车发动了，我说："您排了挺久的队吧？"他说："嗯，三小时。"我说："是不是一小时内返回来，就可以不用再排？"他说："是的。"

但他的车始终跑不起来。在机场线上也只开到六七十码。身后一辆辆车都超到了我们前面。下了高速，进了望京，依然很慢，明明前方路口是绿灯，他也慢下来，似乎是要等灯变黄。

我才知道，师傅是慢性子。他的车也是慢性子，油门嘟嘟嘟响，就是跑不上去，听声音就知道大修过很多回了。但有意思的是，像他这样慢条斯理开的人，送我到小区门口，也才花了三十五分钟，并不比那位努力要一小时赶回去的师傅慢。大概因为凌晨不堵吧。也是各有各的因缘。

到地方，73 块钱，我给了他 80 块，说您别找了，这么冷的天，等这么久挺辛苦的。他就把前一张车票一并撕给我了。我不能报，想跟他说不用，转念还是接下了。他从驾驶座上下来，打开后备厢，帮我拎出箱子。感谢过他，看着车离开，我想，恐怕他也难一小时内返回去吧，但大概不会因为这趟拉我让他心情糟糕吧。

## 持戒之于布施

今天，一个关系不错的朋友给我发微信，请我帮他转一条消息到朋友圈，我说："今天不行。"

他问："为什么？"

我说："我今天已经发了两条朋友圈了。我在持戒，春节前每天发朋友圈不能超过两条，所以不能帮你转。"

他说："嗯，可以理解。不过我很好奇你为什么要持这个戒。”

我说：“为了增长智慧。”

他说：“如果你觉得朋友圈打扰了正常生活，干脆不用朋友圈不就行了。你这种做法岂不是像孟子讲的，有人偷鸡，人家跟他说偷鸡不好，他就说那我今后少偷点，每天只偷一只。你跟那种人有什么区别呢？”

我说：“不一样。我需要使用朋友圈。朋友圈有时候是工作需要、人情需要，有时候是消遣需要，还有时候是卖萌和刷存在感的需要。工作和人情需要是免不了的，卖萌和刷存在感的需要应当减少，但不能一下子断除，需要一个过程，消遣需要没有必要断除。我会使用朋友圈，但不希望被朋友圈束缚，因此有持戒的必要。”

他说：“规定一天发不超过两条就可以不被朋友圈束缚了吗？你虽然不发，但是照样可以刷别人的看啊。”

我说：“要紧的是形成习惯。你发了，就会容易有新消息，点开新消息，就会顺道看见别的，再顺道点开，不知不觉就刷起来了。发了，朋友圈对你的系缚有九分；不发，就只有七分。持戒可以不止持一条，比如你再增持一条，从现在起两小时不看朋友圈，朋友圈对你的系缚就减少到了五分。你今天把所有朋友圈刷一遍的原因，很大程度上是昨天、前天、大前天都把朋友圈完整刷过一遍，今天如果不刷，就会隐隐感觉不完整。如果你连着三天没有刷完，就会觉得今天也不必每条都看。在一件事情上花的时间越多，它就越系缚你。持戒就是为了遮止不经意间的熏染，让万有为你所用，而不被万有系缚。”

他说：“那你为什么要规定到春节前每天不超过两条，难道春节之后就不这样了吗？”

我说：“持戒需要有个时间限制，太远的事情无法预期，如果你的生活环境和工作节奏变化了，之前的一些规定反而会变成羁绊，有些事情可以预期到很远，比如持戒终身不杀人。有些只能预期到眼前，比如持戒一周不喝酒不吃辣。如果规定时间太长，万一有什么意外发生，你持不住，所以不如分段持。到下一个阶段，有些事情已经养成了习惯，或者需要持戒的因缘变化了，就可以不再持。在佛教里，释迦牟尼灭度之后，也有过对小小戒是否可舍，因此，持戒需量力，需有把握，以尽量不坏戒为前提。”

他说：“如果有人找你，出钱让你发一条朋友圈，但你当天已经发两条了，会不会因此破戒呢？”

我说：“这个问题很好。持戒并不是没有开缘的，有合适的机缘，戒就可以开。”

他说：“虚伪！给你钱你就发，不给钱就不发。明明不是想持戒，是想靠发朋友圈收钱嘛。”

我说：“嘿嘿。刚才是就理论上说的，如果就实践上说，这个问题不存在。如果要开一条戒，开缘必须十分殊胜才可以。什么叫十分殊胜呢？要么是一样东西特别好，或者是一样事特别紧急，到了让我觉得不发不行的地步，但我使用朋友圈几年来，从来没有遇见过这种情形。再有就是人家愿意给我的钱特别多，多到我无法拒绝。但那种情况很难说是开戒，更像是坏戒。毕竟收钱发朋友圈的因缘不殊胜。我既然持戒，就不会为了一点小钱就坏戒，那得不偿失。”

他说：“多发一条朋友圈有什么损失呢？但你得到一笔钱，可是实实在在的收益啊。”

我说：“多发朋友圈本身没有多少损失，但坏戒有很大的损失。有一条龙，入定的时候许多虫子以为它死了，就过来咬它，它出定时，本来靠神力可以杀死虫子，但这样就坏戒了。于是就任虫子咬它，任鸟琢它，最后死掉了。龙宁可舍生，也不舍戒，就有很大的功德。宋儒讲饿死事小，失节事大，和佛教的舍生事小，舍戒事大是一样的道理。”

他说:“我看不出来有什么损失,我觉得这种想法很迂腐。”

我说：“当然生死本身就是很殊胜的因缘，因为生死，很多戒可以开，可以舍。但这个故事意在说明持戒的功德，舍戒的过失。你没有持过戒，看到的世界跟持过戒的人是不一样的。持戒不是自己给自己找罪受，是在一点点增长自己的福德。”

他说：“那你说说，你通过持戒得到什么好处了，得到什么跟我不一样的地方了？”

我说：“比如，最简单的一点，得到了拒绝别人的勇气。以前你来找我转发朋友圈，我磨不开面子，觉得不发就不好意思，只能勉强自己。时间长了，人人都来找我发，我一一帮转，发一条朋友圈，下面有很多评论和提问，不回复吧，人家觉得你怎么这么高冷；回复吧，消耗时间和精力，人家还会觉得你很敷衍，就回复一张笑脸，别人对你有意见，你自己也很苦恼。但要说不发，又找不到拒绝的理由啊。转发不就是随手的事嘛，随手就帮朋友一个忙，与人方便自己方便嘛，一这样想，同意了，发了，后面就伴随着一堆苦恼。这就是看问题不清晰，不透彻。现在好了，持戒了，不管你是谁，我不能为你坏戒，那我就有勇气拒绝你了。先前没有勇气，因为持戒，得到了勇气。这还只是持戒的诸多功德中极小的一部分。真正的功德要比这多得多。”

他说：“还有什么功德？”

我说：“最大的功德是增长智慧，但这个不好说，你体会不了。只说一点，就是养成自律的习惯。比如一个说戒烟就能戒掉，说戒酒就能戒掉，说戒什么就能圆满完成的人，肯定比那些老是戒烟又戒不掉的人容易有成就。不是说吸烟喝酒影响事业，而是说后一种人，因为总是坏戒，就丧失了自律的能力，一旦不能自律，自己管控不了自己，别人也不会信任他，很多事情就无法成就。从持小戒、持短戒开始，到持大戒、持长戒、多持戒，人就越来越容易驾驭自己。持戒是有章可循地让人获得自律的方法，所以说由戒生定，由定生慧。最大的力量只能通过自律获得，自律是长久对抗天然惰性的利器，持戒让一个人变得更有力量。”

他说："我不觉得持戒是自律，我觉得是自私。佛教讲慈悲，讲助人为乐，你打着持戒的旗号，其实就是给自己不帮助别人找个借口，为了让自己少点麻烦嘛，看起来冠冕堂皇，说到底是自私自利。佛教讲自利利他，你倒是清静了，方便了，利他的精神哪里去了？平常老讲布施，你的布施呢？"

我说："有时候，拒绝人就是帮助人。持戒就是布施。不持戒，就没有更多的力量可以布施。不拒绝人，就没有更大的力量去帮助人。你不持戒，无成就，倾自己所有去给别人，能给多少呢？你持戒，有成就，站在那里不动，别人就受到你的感召和鼓舞。所以佛经上说，持戒具足的大菩萨，他走一步路，一抬脚一落下，就布施给了好多人，就度了无数众生。"

他说："胡扯，光说布施，布施在哪里呢。人家提的简单的要求你都不能满足，还谈什么布施。"

我说："很多时候，拒绝别人不一定不是布施，满足别人也不一定是布施。真正懂布施的人，往往拒绝别人提出的要求，却给予他们不曾要求的。人家找你要个东西，你给人家了，人家不会觉得你好，因为那是人家提的，不是你想到的。人家没有找你要，你给他了，事后他发现超出了他预想的惊喜，就会觉得你很好。当然，目的不是要人家觉得你好，是要真正给予人家好的东西，对人家有帮助的东西。同时，也是你有条件提供的东西。”

他说：“人家想要的难道不是对人家有帮助的吗？人家根本不想要，你硬要给人家，还说对人家有帮助，不是开玩笑嘛。”

我说：“吸毒的人想要毒品，你给他毒品，是帮助他吗？一个人找你索求东西，你满足他，他下次会向你索求更难满足的东西，直到你无法提供为止，因为你无法提供，他又开始讨厌你，这样只会滋长他的贪欲。有人不会开车就上街，三天记了18分，要借我的驾照来抵分，我会借给他吗？你借给他了，他下次还会这么干，一直到出事故为止。有时候，拒绝别人未必不是对别人的帮助，虽然人家有可能恨你，不喜欢你。你帮助别人，要看你的条件，要看因缘，没有因缘，就不宜勉强。”

他说：“什么叫没有条件？”

我说：“《论语》里，有人找微生高借醋，微生高家里没有，跑到邻居家借了给别人，孔子就批评他‘不直’。为什么借醋的不直接去找微生高的邻居呢？可能邻居根本不想借给他，所以他才找微生高，邻居不能不卖微生高一个面子，虽然借出了醋，终究不痛快。有时候我有事找朋友，朋友很愿意帮，但我不能因为朋友愿意帮我，就把我认识的熟人类似的事都往朋友那里推，人家精力也有限，你能给人家省点麻烦就省点，感情不可以滥用。所以帮助人也要看条件，看缘分，没有缘分，最好不要强求。”

他说：“你刚才说，给予别人不期待的东西，是什么意思？”

我说：“真正对一个人有大帮助的，往往是他想不到的，甚至不想要的。佛经上说，小孩在院子里玩，周围起火了，小孩不知道出来，大人就说，外面你想要的好东西都有，小孩就出去了，出去一看，并没有，但是有更好的东西。有时候一样东西对一个人非常好，非常有帮助，但他没达到那个层次，不认得。比如你想帮助一个人，批评他，指出他的毛病，他如果虚心接受，就会有很大的长进，但他不认得，反而认为你对他有意见。久而久之，周围的人就只拣他喜欢听的说，他就越来越被蒙蔽，越来越自大。而且，从另一方面说，你能提供的东西很有限，他想要的东西，你也未必能提供。”

他说：“你拒绝别人，人家可能不觉得你是没有条件帮，很可能觉得你是讨厌他，才不愿意帮。”

我说：“这样看待别人的人，是自己找烦恼。拒绝你不是因为你不好，是因为缘分不够。你硬要认为是自己不好，徒增烦恼，还把人家的心地看坏了。而且，有能力讨厌一个人也不是坏事。唯仁者能好人能恶人。能恶人也是一种本事。”

他说：“怎么讲？”

我说：“一般人做不到能恶人。像微生高，他没有帮助人的能力，为什么还厚着脸去找邻居借呢？有可能是他怕借醋的人对他有意见。很多人帮别人忙不是因为乐意帮，而是想到，如果不帮，别人可能对自己有意见，下次需要别人帮忙，就不好开口了。一打这个算盘，就勉强去帮了。这不是布施，这是做生意。所以说小人喻于利。小人没有能力好一个人，也没有能力恶一个人。本来很讨厌某人，人家突然给他一个大便宜，立马喜欢人家了。下次不给他便宜，他又不高兴了。有人找你借一大笔钱，你说这个人实在，够朋友，我借给他；其实你主要不是看他实在，是想从他这儿得到好处。他还不上钱了，你就想，这个人真差劲，看走眼了。哪一天他又突然有钱了，还你了，你就又想，这人还是够朋友，没有看错。说到底，一般人没有‘好人恶人’的本事，只能好利，于他有利，他就好，于他无利，他就恶。草上之风必偃。唯有仁者，才能好人恶人。”

他说：“你这样，不怕慢慢没有人缘了吗？”

我说：“人缘的坏掉说到底不是因为没有利益上的来往，而是因为三观不合。有利益来往的人缘反而不牢靠，一旦丧失来往，人缘就会淡，出现利益冲突，人缘就会坏。有些人一联系我，我就知道他肯定是有事相求；有些人联系我，我知道没什么事，就是定期问候问候。那我跟谁的关系容易持久呢？当然是后一种。不依赖利益，三观契合的交情，反倒比较持久。所以只要让自己变得越来越好就是了，好的东西会自动亲近你，坏的东西会自然疏离你。”

他说：“有道理，受教了。”

我说：“不早了，睡觉吧。”

## 你为什么对某些东西无感?

埃默里的科学家做过一项实验，让小鼠接触一种甜甜的杏仁味物质——苯乙酮，再电击小鼠足部，每天电击五次，三天之后，小鼠开始对苯乙酮产生恐惧。十天后，让电击过的雄性小鼠交配，生下来的小鼠成年之后，闻到苯乙酮也会恐惧，虽然它们根本没有受过电击。而别的小鼠则完全不怕苯乙酮。也就是说，小鼠后天形成的某些习性，也会通过基因传给后代。

不过，这个实验里，只有第二代和第三代的小鼠才表现得明显。第四代之后，则不再显著。

有科学家用类似的思路研究过饥荒对人类的影响，发现如果父辈经历过大饥荒，子一代患有精神问题和代谢紊乱的概率，要比父辈没经历过饥荒的人显著增高。

这些实验很有意思。它意味着，我们身上的很多问题，根源不在自己，而在父辈祖辈。小孩学习不好，父母打小孩，是没有道理的。小孩之所以成绩不好，最主要的原因是父母学习就不行。很多家长并不明白这个道理。

父母如果运动天赋超群，孩子做职业运动员就会占优势。郝海东的母亲篮球就打得非常好，他的女儿在校际运动会上，参加了八项比赛，四项拿了第一，其他也都拿了第二或第三。历史学家钱穆的五个子女，全部考上了名牌大学，还是在刚刚恢复高考的时候，不能不说是基因的优势。

不过，以上都是非常容易察觉的。还有很多隐微的东西，人们可能不太会在那些事情上看到遗传的影响。

比方说，喜欢吃苦瓜还是讨厌吃苦瓜。现实中，有很多父亲喜欢吃苦瓜，儿子却讨厌。因为这些情形存在，很多人觉得，喜不喜欢吃苦瓜，跟遗传没有任何关系。这么看比较粗糙。如果把问题放在显微镜下，往细了看，就不一样。

就像父亲学文科非常棒，儿子学理科很糟糕，不意味着成绩和遗传没有关系。我们喜欢一样东西，讨厌一样东西，都是非常笼统的感受。佛家把它看作“遍计所执”的结果。比方说，一个人讨厌吃姜，可能是小时候某次偶然吃到姜吐了出来，从此就告诉父母不爱吃姜，每次碰到姜就暗示自己很讨厌它，久之，对姜越来越反感。如果哪天，他愿意改变自己而去吃姜，可能发现并没有那么难吃，吃久了，甚至会觉得还不错。

我们对很多东西的喜好和排斥，是串习带来的。因为不断练习，就渐渐和它捆绑在一起，并通过基因传给下一代。有些捆绑是强捆绑，有些捆绑是弱捆绑。所谓弱捆绑，就是一旦环境机缘发生变化，捆绑很容易解除。比方说，父亲喜欢吃苦瓜，可能主要因为他觉得苦瓜抗癌。儿子则认为苦瓜抗癌是无稽之谈，倒会引起腹泻，所以不喜欢吃苦瓜。因为这种差异，父子对苦瓜在口味判断上的一致性就被掩盖了。

还有一种捆绑是强捆绑。它很难随着环境机缘的变化而解除。佛教讲的修行，有“见所断”和“修所断”两种。见所断的串习，是弱捆绑。一旦你认识到某件事物不是从前理解的那么回事，对它的态度就会立刻改观。修所断则是强串习——明明知道抽烟不好，还是忍不住抽。

实际上，抽烟并不能算强串习。没有谁生下来就有烟瘾。烟瘾也是后天培养的。真正的强串习，是和你绑得太紧以至于难以看见它的存在。比如走在街上，有人不小心撞到你，却骂你白痴，你立刻会生气。对被骂产生气愤，也是串习的结果。如果你不懂中文，以为他讲的是对不起，情势就会改观。两个人能骂起架，肯定是基于一些默契的。这种默契又基于更根深蒂固的串习，比方说对侮辱的认知。别人只是骂你，于你无损，但很多人认为于己有损，为什么如此认为呢？因为祖祖辈辈都是这么认为的，很多时代、很多地域的绝大多数人都是这么认为的。但也不是没有例外，在藏地，家里来了穷苦的客人，要十分隆重地招待；来了尊贵的客人，则简单地招待。如果地位尊贵的人受到别人的谩骂侮辱，往往会彬彬有礼地回应，如果直接回击，就会受到更大的耻笑。

还有一些串习是隐微的。比如对某些东西是否感兴趣。像我，虽然对文学感兴趣，但是对外国文学，尤其是俄国文学，无论如何感不起兴趣，托尔斯泰的《安娜·卡列尼娜》是公认的伟大作品，我却总是难以体会到它的好。还有陀思妥耶夫斯基的《卡拉马佐夫兄弟》，许多人被这本书震撼得无以复加，而我一读就困，为了坚持读完，睡着过好几十次。

我从前不觉得这种事情是遗传。现在越来越倾向相信。说起来可能令人质疑，一个阅读文学作品的人，如果辨别不出一部作品的好坏，似乎是学养不够。但很多时候，辨别力的匮乏并非因为学养，而是因为禀赋。换言之，因为基因。如果不明白这个道理，就很容易去做一些培养兴趣的蠢事。“培养兴趣”更应该叫“激发兴趣”，也就是说，你身上本来就有对某种事物感兴趣的种子，才可能被激活，如果没有种子，是没办法激活的。

我最早读金庸是10岁，读《射雕英雄传》，一捧在手里就被吸引了，直到读到欧阳锋、洪七公、郭靖、黄蓉在大海上漂流，才略感乏味。当时以为是疲劳所致。后来隔了好多年不读，有一年，重读《射雕英雄传》，又是一读就被吸引，读到大海漂流时又丢下了。

再后来，多次在电影院里看到大海的场面昏昏欲睡，我才觉得，很有可能是我对大海不感兴趣。《加勒比海盗》那么风靡，我却丝毫无感。我把读过的以海洋为背景的故事梳理了一下，发现没有哪个给我留下深刻印象。金庸专门在一篇散文里说过，他对写航海的几章颇喜欢，我却不喜欢。这种不喜欢当然不是因为他写得不好，而是因为我的口味。我从小喜欢看《格林童话》《一千零一夜》等，以城堡、森林为背景的故事我都有兴趣，换成大海就不行。

我想，是不是因为我的祖祖辈辈都生活在内陆平原？在很多代祖先的生命经历里，可能完全没有大海的概念。大海离他们的生活太遥远，大海上发生的一切只是别人的故事，和自己的生活了不相干。也许这种偏好就镌刻在基因里，流传到我的身上。最搞笑的大概是，我对吃海鲜都没有兴趣。我去广东读书，大家一提吃海鲜就兴奋，到了北京，周围朋友也是，我却从来不觉得海鲜有什么好吃。

有时候，我会为自己无法理解别人的口味而焦虑。但很有可能，这种焦虑于事无补。也许仅仅是因为基因不同。

我完全理解不了《五环之歌》哪里好玩。但既然有许多人对它感兴趣，必定有缘故，只是这个缘故把我排除在外了。同样的还有 papi 酱的视频、追小鲜肉的新一代，以及去年风行的头上插草。

因为没有办法理解别人的偏好，和别人的交流就会出现障碍，判断力也会打折扣。你觉得特别好的东西，可能别人看来烂成一团渣。别人觉得好的，你也看不上。

不过，即便这种差别源自基因，也并非不能改变，只是改变起来耗时较久，可能要好几代才起作用。在佛教看来，一个人之所以是现在的样子，是无始以来的业力习气造成的。也就是说，你的父辈、祖辈，乃至无数代的祖先，曾经做过什么事情，就像烟熏墙壁一样留下了印记，先前的印记不能磨灭，但会因为新熏的气质而逐渐暗淡。所以，虽然我看《加勒比海盗》无感，但如果我愿意亲近大海，也许将来我的儿子五岁时就会喜欢《加勒比海盗》。

## 我们凭什么在娑婆世界立足？

有个修行者，喜欢犯困。犯困是宿世的业力。有人一天睡六小时就够，有人睡八小时都不够。有人一买衣服就精神，一看书就犯困。这些秉性，原本很难改易。行者一打坐就犯困，头像小鸡啄米那样沉下去了。

行者很勇猛，爬上一座悬崖。悬崖顶上有棵树，半截树干伸到了外面。行者爬上最远的树枝，刚好撑起自己，稍微一动，就悠悠晃起。行者盘起腿开始打坐：看你还敢困？再困，就掉下去摔死了。

宿业的力量很强大，不会因为想到一个好主意就顿时消除。行者的困劲儿很快上来，头一栽，跌进深渊。

行者惊醒，心想完了，要粉身碎骨了，只好来世再修行。突然，屁股坐到一块软绵绵的东西上。回头一看，是韦驮菩萨的手掌。行者乐了，“韦驮菩萨，你怎么在这儿？”韦驮说：“我是一切勇猛精进修行人的护法。你如此精进，我当然要为你护法。”行者说：“哎呀，那可太好了，早知道有你护法，我还愁啥呢。”韦驮一听，脸色沉下来，“我要走了，我们十万劫都不会再相见。”行者大惊。韦驮说：“你生起刚才的念头，就懈怠了，一懈怠，就和我种下了十万劫不能相见的因。”说完，他就不见了。

行者十分怅然。修行这么久，第一次发现神通的存在，又倏然不见。韦驮菩萨是不妄语的，说十万劫里不会再来，就不可能来了。

修行还要继续。行者又爬上悬崖，攀上树枝，打起精神。没多久，困意又袭来，又没撑住，身子一歪，滚下悬崖。

这回真完了，行者想。他快摔到地上时，屁股又坐上一团软绵绵的东西。回头一看，又是韦驮，“你，你怎么打妄语呢！不是说好十万劫中不能再见了吗？”韦驮说：“是啊，但你一念精进，早已超越了十万长劫呀。”

在西湖边灵隐寺的弥勒殿里，有一尊韦驮菩萨，两旁的联语是：

本来妙好威仪幻成珠饰双缨庄严法相；

如此娑婆世界仗著金刚一杵扫荡群魔。

在娑婆世界上，众生凭什么获得安隐自在呢？凭金刚一杵。

金刚一杵是什么？真有韦驮菩萨护法吗？我看书爱犯困，假如跑到悬崖顶上看，摔下去会被韦驮菩萨接住吗？

恐怕不会。

我只身出差，走在幽僻的路上，突然冲出蒙面持刀的劫匪，会有韦驮菩萨出手相救吗？

可能性不大。

为什么?

如果我抱定了韦驮菩萨前来相救的心，那这个世界，就不是娑婆世界了。我就敢怀揣着大笔现金，半夜走在强匪出没的地方，就敢在高速上开到时速 180 千米不怕被撞，敢出入各种灯红酒绿的场合不怕心被勾走——反正哪里都有韦驮菩萨嘛。

那么我的生活，就不会再谨小慎微、临深履薄、困知勉行。修行人一旦作如此想，就不再留意三千威仪、八万细行，就会放逸懈怠，一旦放逸，就跟韦驮菩萨无缘了，十万劫中都不会见到他。

灵隐寺的上联，“幻成”二字重要。珠饰双缨的美，都是幻化而成，并非究竟真实。韦驮菩萨护法，这是传说，是为了庄严法相，才如此讲。若信以为真，不知多少人会跳楼试验，看看跟韦驮菩萨有没有缘分。凡是跳楼的人，腿都摔断了。腿摔断不是坏事，是韦驮菩萨的恩典，为了治脑子的毛病。让修行者明白世界如幻。

不过联中也说，“本来妙好威仪”，什么意思呢？韦驮菩萨是有的呀，本来就很庄严，只是愚痴的凡夫认不得韦驮的本来妙好威仪，只认得珠饰双缨的点缀。真正为修行人护法的，是清醒的见地，自律的言行，慎重的抉择，不懈的精进。韦驮菩萨，是这些品德的化身。珠饰双缨，哪里比得上戒定慧的庄严呢，只是凡夫总爱从相上寻求。

比如你过马路，看见绿灯亮起，审视了左右停驻的车辆，再走向对面，纵然两旁都是车，车灯都打在你身上，也没有一辆会冲出碾向你。纵然开车的人有比你紧急万分的事，而你只是悠然地到对面公园散步，诸车也都要为你避让。避让并非出于你的威仪，而是出于绿灯的加持。在世间铁律的庇护下，你就很安全。

韦驮菩萨的名字，叫跋阇罗波腻。跋阇罗，是金刚；波腻，是手。意思是手持金刚，有金刚手段。金刚的喻义有两重，一重是道德，一重是智慧。一个人如果坚守道德，就会无所畏惧。一切畏惧都是对得失的忧虑。利益的得失，永远不能自己决定；而道德的得失，永远都是自己抉择。

道德和智慧，在金刚的喻义上是相通的。没有智慧的道德，是不彻底的道德，甚至是不道德。比如迷信的教众，以道德的名义把异教徒绑起来残忍杀害。没有道德的智慧，也不是真正的智慧，比如为了纵溺欲望，宣扬原本无善无恶的曲说。

唯有智慧与道德的结合，才能生出力量。这种力量，是金刚宝杵，足以扫荡群魔。群魔是娑婆世界中的种种利欲诱惑与烦恼牵绊。凡人的心容易流宕。进了山门，看见妙相庄严，就生起虔敬，顶礼叩拜，将一枚枚硬币透过小孔扔进铁塔。出了山门，到十丈软红地，又随着滚滚人潮金迷纸醉去了。这样放逸懈怠的人，无论智慧还是福德，总是不能成就。

韦驮菩萨在弥勒殿，也有一重隐喻。弥勒是未来佛，象征慈悲与欢喜。我们生活在娑婆世界，眼下的日子很难忍，但一想到未来，总是抱有期冀，觉得明天会好，今天的苦难总有了结的时候。

如果谁对未来都不抱任何信心，那就是彻底绝望了。对未来抱有期待的人，正是愿意精进的人。韦驮的喻义是道德和智慧的精进，弥勒的喻义是未来的欢喜。没有韦驮，对未来的一切期冀，只能是空华水月，梦幻泡影。韦驮是贤劫最后成佛的菩萨。

贤劫，是我们所处的时代。娑婆世界，是从空间的意义上讲我们的所处，贤劫，则是从时间的意义上。在贤劫的漫长时光里，最终会有一千尊菩萨修成佛果。最后一尊叫楼至佛，意思是爱乐。楼至佛还在因地的时候，即此时此刻，正是韦驮菩萨，也叫密迹金刚。

这意味着，勇猛精进，是修行有所成就的最后保证。如果不能精进，在贤劫的千种成就里，都不会有你的位置。而娑婆世界虽有诸多苦难，只消一样法宝便足以扫荡群魔，即在道德和智慧的践行中，精进不懈所产生的强大力量。有此力量，一切苦难都不成为障碍。

## 酒店挂什么书法不俗气？

每次住酒店，看到墙上挂“大江东去”，就觉得很俗气。

挂什么不挂什么，很有讲究。老板有没有文化，从挂的字上，一眼就看出来了。不是说挂苏东坡没文化，苏东坡那么多词，为什么别的不挑，单挑大江东去呢？因为别的没读过。想到词，脑子里只有苏东坡，在文学修养方面就略微有点捉襟见肘了。就好比谈到问题，非得一分为二去看的人，你就知道他的哲学水平不怎么样。

要是对某个领域一点也不懂，并不糟糕，不懂就不会俗气。俗气的是，只懂一点点，并以为那一点就是该领域的全部。

装 × 的工具有很多。书法可能是最廉价的。因为字的好丑没有定论，不像下棋，输了就是输了，赖不了。人家写王羲之很像，他说“不行啊，只是形似，没有创造力”。人家写得秀媚流畅，他说“唉，馆阁体，俗气”。领导写出很烂的字，他说“呀，这个好，率朴、质拙”。总之，无论发家的土豪、退休的干部，还是穷酸的文青，不管读过多少书，练过几笔字，都能在书法上讲几句，装点门面。一家酒店假如不挂书法，就会显得没有文化。但挂上书法，往往显得更加没文化。

挂哪些没文化呢？就不从书法上论了，论书法，不能让人服气。那就单从内容上说说。挂书法作品，有二俗：

第一俗，挂《陋室铭》，“山不在高，有仙则名；水不在深，有龙则灵”。请不要再把刘禹锡祭出来了，刘宾客本来是挺有味道的人，生生被《陋室铭》的流行搞俗气了。同样当了冤大头的是周敦颐的《爱莲说》。其实，这两篇也不是绝对不能挂，把《陋室铭》的两句摘出来，左边挂“南阳诸葛庐”，右边挂“西蜀子云亭”，就有味道了。《爱莲说》不要挂“出淤泥而不染，濯清涟而不妖”，挂什么呢？挂“晋陶渊明独爱”，注意，“菊”字不要写出来，旁边摆一盆大菊花。这就化俗为雅了。要想再讲究点儿，可以旁边植几竿竹子，挂上“宋苏东坡曾须”。

第二俗，是挂如下的四字句。“宾至如归”无可厚非，“群贤毕至”就过火了，“紫气东来”就浮夸了。但这三种都还不算太糟糕。真正糟糕的是下面这些魔咒。第一句叫“观海听涛”，这句话是书法中的三蹦子，挂上这四个字，给人一种“本老板打通州来”的即视感。第二句叫“厚德载物”，让人摸不清分寸，不知道他是钱多、官大，还是人胖，给人一种“不管你信不信，我开的是奥迪”的感觉。第三句叫“宁静致远”，这四个字在书法作品中的地位相当于凤凰传奇和郭敬明在音乐界和文学界的地位。

不过，永远不要低估土豪的创造力，还有一种写法，把“厚德载物”改成“厚德载福”。

酒店的厕所，也喜欢附庸风雅，男厕所叫“观瀑亭”，女厕所叫“听雨轩”。第一个想出这名字的人，脑子还算活络。

但这个味道并不好。《红楼梦》大观园里有座亭子要挂牌匾，清客说挂“泻玉”，贾宝玉说“泻”字粗陋不雅。“观瀑”也有这个问题，虽说洗手间是撒尿的地方，但并不是必须得盯着尿看。况且，正常情况下，男性撒出来的尿是直线，如果是瀑流，表示前列腺有毛病。

还有的酒店，男厕叫“观鹏阁”，这有点意思，但也不免恶俗。观的意思是往上看，“观星”才叫观。仰头看，叫观；俯身看，叫察。领导到地方那叫考察，不叫参观。观瀑观鹏，难道瀑和鹏都高到头顶了？鹏的意思是大鸟，这里带着谄媚客人的味道。怎么不叫“玩雀轩”呢？

日本京都二条城里，有一处吸烟的小亭子，叫“朱雀庵”。这个名字非常好。朱雀，象征南方，象征火，别处不能抽烟，这里可以点火，所以叫朱雀庵，就风雅有味。

厕所叫什么好呢？其实《西游记》里就有，“五谷轮回之所”。这就避免了恶俗联想。假如我开酒店，男厕所挂陶渊明“策扶老以流憩”，女厕所挂屈原“聊逍遥兮容与”。

很多小馆子喜欢贴这幅标语：“一粥一饭，当思来之不易”，当然大酒店里一般不这么挂，酒店是引导你奢侈的。但我觉得

“一粥一饭”这句挺好，是正确的三观。美中不足是不够激烈，要我是老板，直接挂“四海无闲田，农夫犹饿死”。

假如我是酒店老板，会挂上与别家酒店都不同的内容。大堂里，左边挂梅尧臣“十指不沾泥，鳞鳞居大厦”，右边挂张俞“遍身罗绮者，不是养蚕人”。餐厅里，左边挂白居易“妇姑荷箪食，童稚携壶浆”，右边挂李白“跪进雕胡饭，月光明素盘”。海景房里，挂范仲淹“君看一叶舟，出没风波里”。

这样，也许酒店就倒闭了。

# 你们都是国学大师

上周发了聊《弟子规》的文章，有个国学读经机构来找我，说我的理念和他们太一致了，要给我寄两本他们的书，《论语》《孟子》。我说《论语》《孟子》我都有，家里地方小，放不下，不用寄了。他执意要寄，说他们做的和别人做的不一样。我说，真没有必要，你就是寄给我，我也不会看，你有什么要求不妨直接说。他就说，其实还是希望我能够为他们机构宣传宣传，大家都是热爱国学的人，应该共同为国学的复兴做点什么。

嘿嘿。

我对国学的复兴不感兴趣。中旬去常熟出差，《姑苏晚报》的记者采访我，问我是不是很高兴看到国学的复兴。我说一点也不高兴。真正的国学没有办法复兴，而且也没有复兴的必要。讲国学复兴的人，有两种，一种打着这个旗号赚钱，一种是国学不复兴他就跟不上时代了，哭着闹着要国学复兴。

为什么国学没有办法复兴呢？因为时代不一样。比方说，在王维的时代，你一首五言绝句写得好就可以名动天下，那个时候还没有互联网，连飞机都没有，但是文字就可以有这个魔力。没有谁比诗人更是明星。今天呢？你诗写得再好也不可能成为王维，光有诗不行，可能需要你是个脑瘫，是个农村妇女，总之要具备一些完全在写诗之外的亮点，然后，运气好到碰到有人推你。

《诗刊》编辑彭敏，有一天做微信公众号，把余秀华早已公开发表但没人看的诗歌重新编辑了一下，想了想，改改标题，把“脑瘫”放到标题里，就火了。彭敏跟我说，他完整见证了一个人从默默无闻到爆红的过程。

不过，余秀华的爆红也远远无法和王维比。我在凤凰的同事严彬，也收获了“可能是近十年中国最伟大的诗人”的评价，而且是圈内权威，茅盾文学奖评委之一说的。但依然没有多少人知道他，他的新书只印了3000册。

在这个时代，写诗的不可能比写时评的红，写时评的不可能比写小说的红，写小说的不可能比写剧本的红，写剧本的不可能比当导演的红，当导演的不可能比演员和唱歌的红。所以，真的有大才华，在这个时代应该去拍电影，写诗就浪费了。

这里头的东西说来话长。李商隐不是大才吗？可惜他生在晚唐，如果他和李白杜甫换个年代，诗仙、诗圣的称呼落在谁头上还不好说。为什么历来评诗的人，都说盛唐是巅峰，中唐就稍逊，晚唐就愈加不行了呢？难道一个时代的诗人整体才华和智商比起上一个时代有大的滑坡？当然不是。因为盛唐是开创和集大成，中唐是守成，晚唐是求变。盛唐人可以在陇上耕种，晚唐人只能在自家屋后的厕所旁边垦出一小块地。贾岛姚合不是工夫不逮，只是盛唐人把大块工作做完了，只剩下细处给他们用功。杜甫之所以伟大，是因为后人发现格律诗能达到的高处王维、李白、王昌龄等都达到了，走到头了，唯有杜甫指出的路还能继续走下去，还有深耕的余地，可能走到别有洞天的地方。还有人把贾岛的画像供起来天天焚香礼拜学写诗，写出的诗却没几个人记得。

钱钟书认为清诗逊于宋诗，宋诗逊于唐诗，龚鹏程认为清诗不逊唐宋，其间差异很值得玩味。汪辟疆说，陈散原算得上杜甫以来第二人，超过黄山谷，他的讲法不无理由，但论影响力，陈散原肯定无法和黄山谷比。所以，一定要搞明白时代的差异，才知道自己所做的工作是何等意义。

王维在盛唐什么地位呢？就好比今天鹿晗的地位。全民偶像。而且他还要超过鹿晗，因为鹿晗是红一时，王维是红一辈子。那个时候，写诗是最正宗的消遣方式，比今天看电影追美剧听演唱会加起来还要流行。那时候写小说是非主流，最大牌的偶像都在诗人群体里。今天写诗、写散文的群体，整体被边缘化了。

任何东西都有它的生命周期，比方说，20 世纪 90 年代末，杂文很流行，《杂文选刊》卖得很好，那一帮热潮就是被王小波们掀起来的，至今好多文学青年还十分怀念王小波，谁的杂文好，就把他和王小波比。实际上，今天杂文能写到王小波水平的，数不胜数，但是杂文这个体裁，整体就不行了，说不行当然不是绝对的销声匿迹，而是转变成了时评、段子、论坛体，以及变种鸡汤，谁再用90年代末《杂文选刊》的文风写今天的事，标题叫《××××为哪般》，就会把人恶心得胃酸都出来。余秋雨的散文可以在90年代灵，于丹的鸡汤可以在十年前灵，但今天就不灵了，任何一种东西，都有它的寿限。就像“文化”这个词，不同的时代，理解也不一样。

我曾经以为自己很有文化。几年前，住八宝山，有天寄快递，小哥到我家里取件，看见墙角堆着高高一摞书，说：“你是卖书的吗？”我说：“不是，都是自己看的。”他说：“哎呀，文化人呀。”我很高兴，就真以为自己有文化了。

后来换工作，去一家杂志应聘，他们问我，你做什么板块。我说：“文化板块。”他们就递给我几本杂志。翻开一看，文化版是什么呢？最新的电影、最流行的时装，还有一些高科技的手表、台灯这些。我吓了一跳，原来自己没文化。我先前还以为，会写两首诗，读过《西游记》《红楼梦》就算有文化了。

这个时代文化不是这么定义的。

因此，就知道为什么国学不可能复兴。问问那些读经班的人，知不知道戴震？戴震不是某个国学培训学校的校长。他们不知道戴震，他们知道马震，因为范冰冰。那还有什么好说的呢？

国学不是让小孩穿得跟演古装戏似的抱一本《弟子规》摇头晃脑，也不是让上千孩子在操场里给父母洗脚。孔子不赞成穿成那样子，孔子以前的古人戴的是麻冕，缁布帽子，孔子的时代变了，戴丝帽子，孔子说这样更好，挺节约。

读古人的东西，目的是明理，领会古人的精神。明理在今天，不一定非要通过读古书去实现。这个道理古人就讲过，你去读颜习斋，发现他讲的就是没必要多啃古籍。朱熹也说过："借《经》以通乎理耳，理得则无俟乎经。"

那为什么很多人认为一定得读古书才能明理呢？两种情况，一种是他自己没搞清楚古人真正重要的地方是什么。另一种是，他读古书不是用来明理，是用来装点门面，显得自己有文化，好跑出去忽悠人。很多人喜欢跟人讲《易经》，什么亢龙有悔见龙在田，讲得天花乱坠唾沫横飞。你问他"樽酒簋贰"

什么意思，他想了想，说到簋街上喝两盅。

高校也爱和外面的机构合作开国学班，国学班讲什么呢，讲《周易》《老庄》，还有《孙子兵法》，和企业管理联系到一起。我没见过古人哪本注疏里讲过企业管理。为什么爱讲《周易》呢？《周易》神秘，一般人不懂，就好拿出去装。不过，从《周易》里基本学不到什么。朱熹说："《易》，非学者之急务也，某平生也费了些精神理会《易》与《诗》，然其得力则未若《语》《孟》之多也。《易》与《诗》中所得，似鸡肋焉。"

那为什么古人那么看重《周易》，那么多人给《周易》做注解呢？他们很多人并不是从《周易》里学到了多少东西，而是借《周易》把自己的三观和对世界的理解表达出来。程伊川和王船山，都是讲《周易》的好手。有时候，你直接讲一层道理，别人不信，或者以为肤浅。你借着《周易》讲，说这是《周易》说的，别人就信了。说白了，很多东西不神秘。

但不神秘就有一个问题。很多人越是神秘的东西，他越信。不神秘他就不信了。我读研的两年看《周易》比较多，就经常有人找我算卦："你算算我今年能不能结婚？"这事《周易》

管不了。你老老实实告诉她，她觉得你不懂。

去年秋天，一家企业请我讲国学。中午吃饭，他们说："王老师下午讲讲国学里的酒文化吧——酒桌上怎样才能让别人多喝？中国酒文化博大精深，国学里肯定有这方面的学问。"我说："国学要是研究这个的，你们都是国学大师。"

## 唢呐，变革，手艺人

《百鸟朝凤》挺不错，但有些问题可以抠一抠。片中说，吹唢呐，比四台好的是八台，比八台好的是《百鸟朝凤》。我不大信。因为他们平时根本不吹《百鸟朝凤》。村民十多年听不上一次。要是偷偷练习，也不现实，唢呐那么响，隔墙有耳还听不见吗？要是长久不练，就生疏了。如果今天的小孩报个唢呐班天天练《百鸟朝凤》，和影片里十年才吹一次的老艺人比，谁吹得好很难说吧。

还有，游天鸣初拜师，师傅不让他碰唢呐，给他一根芦秆，让他天天到河里吸水。吸上来之后，师傅又换一根比他个头还高的。若究其细节，有个问题：从河中吸水的难度并不取决于芦秆的长度，而取决于嘴和水面之间的竖直高度差，这是个物理问题，起作用的是大气压。所以，虽然拿根长杆，只要一屁股坐在河边吸，也很容易。芦秆的长度超过身高就没有意义了。

不过，这个细节精准地诠释了传统艺人对待手艺的态度，以及学习手艺的方法论。这非常值得琢磨，里面有很精彩的地方。传统手艺人理解内功的重要，知道花里胡哨的招数都是建立在内功的基础上。

假如我开班教三四岁的小朋友学书法，入学筛选，我不会让他们拿毛笔比谁写得好，而会让他们比赛“连连看”和“找茬”，以及穿针引线。这是为了了解小孩的禀赋。禀赋决定他在这条路上的第一个天花板在哪里。对十之八九的人来说，第一个天花板就是他在这个领域最终的天花板，极少的天才可以突破。

玩连连看出色，表示观察能力好，那样在临帖中就比较容易记住重要的细节。许多练书法的人，临帖临到七成像就不能再进步，总以为是手的问题，其实不一定，去跟人比比连连看就知道了。

手艺人不仅靠手吃饭，更靠脑子吃饭。脑子好使，手艺不一定好使，但脑子不好使，手艺一定不会太好使。假如这些孩子学到十岁，又要筛选掉一批，我就不会再测试连连看，而是会让他们作一首五言绝句。这是为了考察审美禀赋。当你在一样手艺上，熟悉了基本的技巧之后，就不太会犯大的错误，但难以免除的是俗气。俗气是时代流风所被，别人“吓死宝宝了”，你也“吓死宝宝了”，就俗气。想跨过这道坎，需要审美品位。

《百鸟朝凤》里，焦三爷从师傅师爷那儿学会了这些校验弟子禀赋的招数，但他似乎对招数背后的心法似懂非懂。他收徒弟，入学测试虽然五花八门：吸干一瓢水啊、吹倒砖头啊、吹羽毛啊，但所有这些都只考察了一个方面：肺活量。另一个至少应该与之并列的禀赋则完全没有考察：手指的灵巧度。

唢呐吹得好不仅要肺活量大，还要手指巧。这是最基本层面的要求。此外，还需要耳朵的辨声功夫。更高的层次上，是对音乐的审美理解。另一层，才是坚忍、勤奋、专注等性格素质。任何一门手艺，之所以成为手艺，都是对很多方面的禀赋和学力有要求，在某一方面卓然特出并不够，关键要在各个方面都没有短板。

焦三爷之所以选择游天鸣接班正是如此。游天鸣不是最聪明的弟子，但他是在手艺到达每个层次后都没有大缺陷以至触碰到禀赋天花板的弟子。有些人上手很快，再学下去就没进步了，有些人上手不咋的，但总能进步。就好比外国的老头在五六十岁时，总比中国的老头显老，但他们老到一定岁数就不再老了，九十多岁看上去跟七十多岁差别不大，中国的老头则会一直老下去。

孔子说："骥不称其力，称其德也。"千里马未必爆发力强，但跑了几百里，还能有劲。蓝玉不是接班人的料，因为蓝玉心思太活络。心思活络，到哪都饿不死，都有一口饭吃，那么手艺就羁縻不住你。

手艺人之所以爱一门手艺，不单因为他在这门手艺上能发挥创造力，得到尊重。还有一重不便声张的原因是，离开这门手艺他就饿死了。就像我喜欢写作这一行，也是因为离开这行我就成了废柴，到哪儿都不受待见，端茶倒水都干不好。现在搞纸媒的纷纷改行，留下还没改行的，不一定是坚守，也很可能是他的手艺只能附着在纸媒上，他的文章只有发在报纸上才有人看，换个地方就没人看了。

传统社会的手艺人，有个可怜的地方就是，学手艺是为了挣命。不是说对手艺有多高的追求，多高的审美，那些人可能三传四传才出一个，绝大多数人是不得不如此，你不这么玩命，就饿死了，没命了。

古代有一种缩骨功，练成的人，一米七的身高，可以穿上婴儿肚兜。练这种功夫要吃极大的苦，从三四岁开始，一直到成年。其实就是逼着身体发育成畸形，同时又要提防死掉。要在畸形发育和存活之间的一道窄缝里讨生活。近百年来，他们有饭吃了，不忍心再让自己的孩子受那个罪，功夫就失传了。

过去的手艺人，之所以毒打弟子，也是传承手艺的必要。用今天的话说，是为了“增强用户黏性”。如果一个人把一辈子都浸淫在某样事物上，就很难离开它。一旦离开，他就一无所有，在别的事情上再也找不回自身存在的价值。

挨一顿打，就相当于投入一些成本。挨打越多，投入的成本就越多，离开它就越不舍得。除非在刚学徒时，受不了挨打跑了，越往后，就越不肯走，一走，之前的打都白挨了。出师了，就全扳回来了。

传统社会的手艺人，一生都泡在手艺上，所有心血和才智，最好的年华，一切美好的不美好的记忆，全都镌刻在这上面，你就知道他为什么不能舍弃。

“打是亲，骂是爱”在传统的学徒模式中是成立的。越打你，就是越要拴住你。当然，前提是刚来学徒的头几年不要撂挑子溜掉，那时候年纪还小，还有可塑性，容易改行。所以，有经验的师傅会把握住打徒弟的规律，先不要打太厉害，要把弟子打得在跑与不跑的临界点上，只要他没跑，下次就可以再打狠点儿，打得越狠，拴得越紧。一直打到出师，不用再打了，他死都不会跑。而且他会理解这套用心，并同样地对待自己的弟子。

一样手艺越是变态，越是匪夷所思，就越需要这样的教学传承手段。这种手艺就像吸血鬼，借着一代又一代的手艺人来还自己的魂。不是人在学手艺，而是手艺在吸人。手艺就像寄生动物，一定要找到合适的宿主，才能存在繁衍。焦三爷这样的人，是手艺的躯壳，是手艺借尸还魂的工具。这种比喻并非贬斥，实际上，不仅手艺，三观也是如此。文天祥临终前讲“读圣贤书，所学何事”，就是一样的情况。

当环境的变迁不再适合一样手艺，物候的变化使手艺的宿主越来越稀少乃至濒临灭绝，手艺就到了失传的临界点。所以，游家班的垮掉，并不是游天鸣的错，只能说游天鸣还是个平凡的人。有没有不平庸的手艺人足以挽狂澜于既倒呢？有，但极少极少。比如唐朝的百丈怀海、近代的太虚大师，都是这样的英才。

但要知道，他们是非常有文化的。要想成为这样的人，光有手艺远远不够，比手艺要紧得多的是文化。需要文化不是文化本身重要，而是文化背后的见地重要。

游天鸣没有带好班子，不是游天鸣唢呐吹得不好，而是游天鸣文化上欠缺了些。这就是为什么很多老艺人爱强调读书，读书长见识。碰到大的瓶颈，力量不足以突破，得靠见识去突破。

唢呐吹得好和班子带得好，都要求聪明。但这两种聪明是不一样的聪明。不过两种聪明之间，并非没有丝毫共通之处。共通之处，正在见地的层面。带班子和吹唢呐的关系，就像治大国和烹小鲜的关系，解牛和养生的关系。将这些毫不相干的东西联系起来的，是《庄子》说的“进乎技矣”的“道”。

谈到技艺以上层面的东西，就有些玄乎。因为玄乎，被很多人拿去吹牛，显得虚诞不实。但必须打破这重玄关，才有可能让一门手艺在山穷水尽之后夺胎换骨。这样的人，韩愈算，杜甫算，颜真卿算，邓石如算，王铎勉强也算。

他们都有革故鼎新的大本事。不懂得鼎革的含义，就只能死路一条。《革》卦云：“泽中有火，革，君子以治历明时。”大火烧遍宇宙，要想脱身，非有通天的手眼不可。

真正懂传统的人，一定懂时代。不懂时代的人，是不可能懂传统的。不过，即便完全不懂传统，只懂时代也未尝不可。生活在今天的人，只认得吴亦凡小鲜肉，不认得司马迁、王安石依然可以吃饱喝好，活得开心。但只认得王安石、不认得吴亦凡的小伙子，找份工作可能就不很容易，也不那么擅长跟人相处。你看今天地铁上的海报，书法那么丑他还好意思挂，但是不要紧，人家传播效果棒棒哒。一个未经过系统的科班训练的人，只要找到投资就可以当导演，你说他拍得不好也无所谓，人家票房高得不要不要的。

这在传统手艺上是不可以想象的。一个临帖不到 1000 小时的人，无论如何不可能写出一幅像样的书法。所以，要想在今天当个新晋导演，去琢磨如何设计戏剧冲突和情节张力还不如琢磨如何找投资做宣传更为当务之急。

要了解古今的变化。并不是说，我们所处的时代就是前所未有独一无二的。从古到今，几乎每个时代的人都会这么觉得。若离了特殊的语境，这么讲就是自恋。任何时代都有常有变。真懂得守旧的人，都是有维新精神的人。不懂维新，是守不住旧的。

上周，有朋友问我如何系统地读书，希望我能列一部书单。我说，没办法开，就像医生没法给所有病人开一套药，每个人要寻找自己的书单。他说，钱穆讲可以读曾国藩《经史百家杂钞》，进而读姚鼐《古文辞类纂》。我说，千万不要按照这种思路，一百年前，这样做还可以，当时经史子集的学问还在整个时代的知识中占据很大比重。知识分子之间的交流还凭借这个。但今天，所有经史子集的学问加起来，在时代的生活当中只占据不到百分之一的位置。

读古人的书，要紧的是得到古人的精神与见地，乾嘉学派懂得的很多具体知识，我们一辈子可能再也用不到，但他们的精神与识见对这个时代依然可以有启发。不过前提是得懂文言，如果已经步入中年，又不懂文言，想从古人处讨思想就有些不切实际了。就像癌症晚期病人期待从瓜果蔬菜中得到维生素来救命一样。倒不如从切近自己的问题又读得懂的书中得到启发。

手艺是器层面的东西，随着时代的洪流消亡是自然而然的事情。但任何一样东西，只要钻研得够深，都有“进乎技矣”的启示，这种更深层面的启示可以迁延到别的事物上，超越手艺本身的寿命。

孔子讲过一句振聋发聩的话：“礼云礼云，玉帛云乎哉？乐云乐云，钟鼓云乎哉？”

那些玉帛钟鼓，哪里就是礼乐呢。在婚丧嫁娶的仪式上吹吹唢呐，并不是礼，也不是乐。只是在特定的时代，作为躯壳，发挥了礼乐的功用。礼，是社会运转时代更迭赖以维系的秩序，乐，是万类众生大化流行下各尽其性的井然相谐。

子夏曰：“虽小道，必有可观者焉，致远恐泥。”手艺人宁不于此深思哉！

# 害羞是一种美德

一个人在路上边走边唱，对面过来个人，走近了，他就不好意思再唱了。走远了，他又重新唱了起来。我喜欢这样的人，喜欢他们的害羞。害羞是一种美德。

这种害羞，究其本质，是怕侵犯了别人。人占据这个世界的，不仅仅是空间。虽然身体只占据无限空间和时间中的极小一部分，但人还有一些质素可以占据远远超出身体的范围。假如你的手机有记录足迹的功能，把所有的足迹连起来，再看待自己，就是一种奇特的视角。乃至把一个人一年里读的所有书编成书目，专门排列在一面书架上，又是另一种视角。佛家就把人叫作五蕴和合，人可远远不止特定空间里的一两百斤肉这么有限。

一个人唱歌，当别人走近他，无论别人喜不喜欢这首歌，声音都会传到他耳朵里。这是一种被动地接受。虽然你的肉体没有侵犯别人的空间，但你的声音侵犯了。你的声音和别人的声音，在此时此刻共用同一个空间。假如不是如此，骂人就不会产生。

在一条两米宽的走道上，如果迎面走来一位漂亮女子，在路的一侧，如果你不走另一侧，也不走当间，而是紧贴着女子走的那一侧，跟她擦肩而过，甚至身体有些小小的碰撞，这种冒犯是显而易见的。但是，声音的冒犯就要隐晦些。因为无法把彼此共有的空间分割，让你的歌声只逡巡在你身体周围半径一米的地方，做不到。所以，一个人可以用声音侵犯其他人。我有一次在什刹海乘船，同船有女生在，又有几个广东人，广东人本来讲广东话，见女生上船，就开始讲黄色笑话，并改口用蹩脚的普通话，这就是一种不知羞耻的侵犯。

不可分割的不仅有声音。佛家讲“色声香味触”，眼神都可以对他人造成侵犯。坐地铁时有些女生穿得少，或者长得漂亮，往来乘客就不乏使劲儿盯着她们衣缝看的，反正看看又不犯法。的确，法律无法对这些模糊的权利进行界定，不过，法律界定不了的问题可以由东北人来界定：“你瞅啥？”就是一种很好的界定。

同样，气味也可以对他人造成侵犯，尤其是在狭小的空间里，狐臭、汗臭，乃至屁臭，都足以侵犯到他人。只是，这种侵犯多不是有意的，没有人可以有针对性地对特定的人群释放狐臭。唯一的例外是在公共场合脱鞋。脱鞋释放出脚臭可以由当事人控制，所以会被视为不文明的行为，但当众放屁就不会，因为这个太难控制了，要训练有素才行。

但并不是没有人对此吹毛求疵。李叔同出家之前曾是音乐教师，在一次音乐课上，正听到天籁之音，有学生在教室里放了屁，下课前李叔同郑重地说，下次放屁请到教室外面，然后鞠了一躬，下课。我十分赞赏李叔同的做法。这并非简简单单的吹毛求疵，这一要求背后大有深意。从经济学角度上看，这种行为产生了外部性。庇古税就是从这种问题出发提出来的，并成为产权经济学的根本。但它在日常应用中太难，大多数情况下还得靠自觉。

人因为害羞，不想让自己的歌声被别人听见，这种羞涩的心理之所以是美德，在于这种人是细腻的人，是会在意他人感受的人，会在意他人对自己看法的人。这点很重要。并不是说，一个人活得潇洒，就应该丝毫不在意他人的看法，那是很不妥的，很容易走向败德的道路。

比如一个人在餐馆吃面吧唧嘴，吧唧嘴并不会给别人带来直接的伤害。但吧唧的声音像咒语一样，会影响到他人的情绪和食欲。如果你的嘴吧唧得跟牛一样，对方的面条还没上可能就饱了。而一个害羞的人，会留意到这一切，会在乎他人看自己的目光，从而让面条吃得尽量低调，尽量不引人注目。

因为这个缘故，君子在吃大盘鸡的时候，每次夹面条都会十分慎重。大家都知道，大盘鸡中放的面往往不切断，我一直都搞不明白所有的餐馆都这么做是为什么。所以，要想考验一个人是不是绅士，跟他一起吃顿大盘鸡就看出来了。几乎所有人在夹面条的时候，都会把油溅到别人碟子里或者身上。而且面条像瀑布一样，纵然举过头顶，下边还是夹不断。

害羞的人吃大盘鸡，总是对着吃剩的几段残面条动筷子。害羞的人看电影，吃爆米花时会尽量嚼得细而慢，让嘎嘣脆的东西也像棉花糖一样柔软地化在口里。总而言之，害羞的人会在一切场合尽可能地保持低调，这种低调不是出于谦逊，而是出于对自己渺小的清醒认知，不愿意抢风头，不愿意被聚焦。这实在是一种值得赞叹的美德。

但是，很遗憾的是，在这个时代我们被流行的洪流裹挟着，会用一种奇异的目光看待这些害羞者。让害羞的美德逐渐变成了一种并不值得提倡的素质，人们往往将它同怯懦、胆小联系起来。而相反，在许多情境下，厚颜会被视为勇敢和大方。比如跟一个人初见面，感觉颜值不错，放在过去会面带羞涩地忸怩开口："交个朋友呗"，在今天的语境下就变成了："嘿，约吗？"

一门很流行的学问叫 PUA，泡学。在这门学问的范畴里，害羞的美德被视为怯懦和自卑，而勇敢则是厚颜的遮羞布。当然，不仅泡学如此，成功学也如此。成功学和泡学，在本质上是一门学问。二者是同一棵树上结出的两种果子。我见过成功学培训的学员站在大街上对陌生的异性说“我能给你一个拥抱吗”。没错，这种训练是很刺激的，在大家都这么做的时候，你也就有了这么做的勇气，并渐渐视之为正常和优越，逐渐认为自己具备了一种崭新而难得的技能。但实际上，这个过程正是将自己害羞的美德从身上一点点铲除的过程。

孟子说：“羞恶之心，人皆有之，义之端也。”把羞和恶放在一起，是大有深意的。比如一个小孩，他可以光着屁股在院子里跑，并不视之有任何不妥。而一旦他的智识开始增长，蒙昧开始打破，他会对自己光着屁股有一种羞耻之心。这种羞耻之心是从哪里来的呢？从他意识到别人看自己的目光里来的。

假如大夏天的，一个成年人穿着内裤上街，当然很舒服、很凉快，要把西装掖进裤腰，蹬上皮鞋再出门，肯定没有穿着内裤舒服，不然自己在家也会西装革履人五人六的了。但是，还是会选择后面一种穿法，因为明白只穿内裤上街会刺到别人的目，这就是对他人的一种侵犯。就是动用了过度的力量，来吸引他人的注意。别人看到他如此，会不舒服，会有异样的感受。因为自身的智识足以了解到别人会对此产生异样感受，而拒绝这么做，是一种同情同理之心。出于这种心，人开始讲究礼。

这就是为什么儒家那么重视礼。礼并不是要自己舒服。而是要避免让别人不舒服。自己有可能通过各种不礼仪的行为，侵犯到他人的感受，因此礼是必须的。这里的内在逻辑是，他人的不舒服会反过来造成自己的不舒服。所以，出门跟人谈事，讲究的人事先会避免吃葱姜蒜，职业的人会穿着得正式，所有这些，都是对对方的尊重。这种尊重蕴含着“万物一体”的观念——别人的舒服会造成我的舒服，别人的不舒服也会造成我的不舒服。孟子就是从这里出发，谈到“万物皆备于我”的。假如我是我，他人是他人，只要我爽，管你爽不爽，从这个假定出发，全世界的所有事情就会归结为两类：关你屁事和关我屁事。这样割裂地看待问题，造成的诸多病弊，在王阳明的《答顾东桥书》里详细谈过，也叫《拔本塞源之论》，感兴趣的读者可以找来看。

害羞的人不会穿得太闪亮。人不说话，衣着可以说话。太闪亮的衣着，暗含着傲慢和浮夸之心。所以，学校、军队，乃至僧团都要求穿制服。特定的行业也要求工作中穿制服。

但是，当潮流一变，质朴的害羞不再为时代所提倡，风俗就开始渐渐改易。我大四的时候，有天夜晚在校园散步，经过一对大概是情侣样子的人，男生瘦高瘦高的，女生比较小巧。女生两手拽着男生的胳膊问：“你是说我玩不起吗？你怎么知道我玩不起？”

我从旁边经过，一条鱼蹿出水面又扑通跳进水里。玩不起并不是什么丢人的事情，相反，玩不起是一种美德。很多时候你一旦玩得起，就难再回到玩不起的状态了。而总有一些事情，是自己最终没办法玩得起的。就像一个害羞的人，很有可能终有一天变得不再害羞，而一个不再害羞的人，就永远无法回到害羞的曾经了。

## 语不如默

我不喜欢讲话，尤其不喜欢当众讲话。你跟人在一起，话讲得不好，就耽误人家的精力。人家得动耳朵听。耳朵虽然用不着竖起来，但声波传进去，人家的神经细胞会传导一些递质，到大脑的听觉中枢里，去分析你到底说了啥。如果分析完毕，发现你说的话屁用都没有，岂不让人家几亿个细胞舟车劳顿白跑了一趟？

如果当众讲话，就更不得了了。一堆人的神经细胞在大脑和耳膜之间来回穿梭，兴师动众。所以我每次做讲座都很谨慎，事先把内容像豆腐块一样码放好，调整好详略、间距，乃至叙述议论的比例。图什么呢？图少造口业。

说了等于白说，只是令空气振动的话，佛教称为绮语。孔子讲："群居终日，言不及义，好行小惠，难矣哉！"整天喜欢围在一起喷大空的人，爱耍点小聪明，难办了。他的嘴巴跑到腿前边了。

每次讲座，都会碰到提问很长，又让大家厌倦的人。我就会提醒说，你讲的固然好，但那是为了表现自己呢，还是为了给他人以启发呢。不是说不能表现自己，而是自己的表现，一定要以令他人愉悦为前提。"夫子时然后言，人不厌其言。"

我读大学时，很失望的一点就是，即便在课堂上，也有许多老师讲得不精彩。不仅不精彩，简直是无聊之极。不是因为内容高深晦涩而无聊，完全是因为没有内容而无聊。几十页PPT，一行行对着念。连案例都是小王、小张、小李，假得不行。但是他又会点名！点名你没到，就等着不及格吧。

昨天，我把读者群里一位资深成员请出去了。别人跟我说，他太聒噪，一天到晚叽叽喳喳不停。我一看名字，有印象，就把他移除了。像我这种从来不看群的人，都对他有印象，可见他真是叽叽喳喳不停。没想到我的举措让他瞬间狂躁起来，一口气给我发了几十条微信，表示不服，问我他哪句发言不合适。

我说："不是你说得不合适，而是你的话太多，打扰到别人了。"如果一个人不懂得顾及别人的感受，就很糟糕。以为自己没问题，难道真的没问题吗。别人怎么可能无缘无故打你小报告呢。皮裤套毛裤，必定有缘故。

在公共场合唱歌、跳广场舞，别人不高兴，难道是因为你唱得不好、跳得不好吗？我最烦的就是，去电影院看电影，碰到小情侣，男的为了表现自己博学多闻，就对电影品头论足。但他寡淡的知识储备实在撑不起他的骄傲，就只能把电影当成球赛来评。女主角哭了，他就嚷："哭！哭有什么用！"两人分手了，女主角不走，他就捏着拳头喊："走啊，走啊！"

柳宗元《黔之驴》说："噫！形之庞也类有德，声之宏也类有能。"有些人，看他浓眉大眼倒像个人物，侃侃而谈倒像真有两把刷子。实际上呢，"技止此耳"，也就是会叫两下子罢了。

真有能耐的人，话不多，不吭不哼就把事办妥了。杜甫一辈子没留下来多少诗，李白也没留下多少。还不如今天一部网络小说的零头。但给杜甫作注作评的书，都能开个图书馆。谁的诗多呢？乾隆多。各种历史景点，博物馆的字画，到哪儿都有乾隆御题，出镜率仅次于社会主义核心价值观。但要问几个人能背两首？找不到。一辈子连首脍炙到“黑狗身上白，白狗身上肿”的都没有。

过去的禅堂里，禁止开口。所以门匾上的“堂”字是没有“口”的。要开口，就不要当修行人了。那些噪声除了给世界增加无序之外，并不能起到什么作用。火车的鸣轨、飞机的巨翼，不知超出人的说话声多少倍。每一座大城市，每天不知多少架飞机起落，没有任何一只机翼的声响能留下意义。言不及义的话语也是一样，扯着嗓子喊一辈子，没谁记得。

不合辙的诗很难在世间流传太久，它的字句里包含的创造力不够，体现的秩序与规则不够，不足以支撑起长久的寿命。而有节奏和旋律的乐音，总会穿透喧哗留在世间。旋律和节奏意味着秩序。在秩序里，凝结了创造。

爱语和乐音一样，是令世界变得有序的语业。人如果顺着贪嗔痴的习气开口，便令世界导入无序。如能有克己复礼的功夫，视人若已，视己如人，开口才能与人乐、拔人苦，才是慈悲的爱语。能讲爱语的人，无须多费口舌就能让音声远播。

“吉人之辞寡，躁人之辞多。”大德讲话，言辞都缓。他没有必要讲那么快，像开一场手机发布会似的，不断弄些段子提神。有两种人：一种人制定规则，一种人因循规则。制定规则的人不需要太多话，规则越简洁明了越好。话虽少，却流传得久远而有力。人一辈子能说多少句话呢，一句话能被多少人听到呢。如不审慎地斟酌言辞，话就只能变成无意义的音节连缀，成为湮没在喧哗众声里的一朵浪花。

《维摩诘经》里，几十位菩萨讲如何是入不二法门，有德守菩萨、德顶菩萨、善宿菩萨、善眼菩萨、师子菩萨，等等。大家都讲完了，问文殊师利。文殊师利讲完，问维摩诘，如何是入不二法门。维摩诘默然无言。文殊师利叹曰：“善哉善哉，乃至无有文字语言，是真入不二法门。”

## 对陌生的想象

每天早上，我把猫粮投放在小区外围着空地的石栏顶上。那里临着步道，晨练的人来来往往，我通常趁周围没什么人的时候爬上栏杆，以免人家怀疑我想撒尿。有时候避不开，就直接爬了。一天，放好猫粮下来，有个老头停住问我：“喂！你放的啥？老鼠药吗！”

这并不奇怪。他很难想象，有人会专门跑到这里喂猫。不过，他的猜测让我觉得，他可能不是特别幸福。遇到不解的事情，他不是往好的方面猜，而是往坏的方面猜，不想象成温暖的事，而想象成严厉的事。

出于对万事的不同想象，人的生活有了分判。如果有人必须每天早上布下老鼠药，恐怕他是受到老鼠很重的滋扰。如果有人在远离居民区的地方撒老鼠药，或许是以杀害老鼠为乐趣。当你清早散步，碰见一个小伙子，把他想象成以毒杀老鼠为趣的人，你的生活就会略微暗淡。

因为做如此想象的人，一定不会只对一事如此想象。电影《春娇与志明》里，春娇和徐峥饰演的成功男 Sam 夜晚开车，看见路边有人洗车，春娇说，也许他的后备厢里藏着尸体，他不是要洗车，而是要毁尸灭迹。Sam 平日的生活想象不到这些，因此被她吸引了。实际上，春娇有这种想象源自前男友志明，以前春娇和志明在一起，志明这样对春娇讲，春娇就被他吸引了。

春娇记得这样稀奇古怪的想法，透露出的恰恰是她的不幸。她记住这个故事不是因为记住了志明对她的爱，而是因为她经历过背叛和漠视，在内心的深处埋藏着恐惧和恶意，所以看见夜晚洗车第一反应流露出那种想象。有那种想法的人并不好玩，和他相处久了，你会发现十分恐怖。他会在夜晚跟你吵架之后，看见你解下项链睡觉，想象你可能趁他熟睡用项链勒紧脖子谋杀他。尽管那是假想，但假想背后埋伏的忧郁和恐惧则是真实的。

对陌生世界陌生人的想象，鉴照出自己在理解生活上与别人的绝大不同。如果是另一种人，看见有人夜晚洗车，也许会猜想，是丈夫明天要带妻子出游，或是父亲明天要带儿子买生日礼物，才提前在今晚把车冲洗干净。

对世界存有敌意的人，会让自己时时刻刻处于警惕状态。警惕的好处是，减小了损失的可能。同时带来的极大弊端是，让生活陷入疲惫不堪。诸葛亮那样一生谨慎的人，很难长寿，他脑子里时时刻刻绷着许多弦。“智者乐，仁者寿”，智者乐是因为他对什么事情都看得很清楚，别人算计不了，仁者寿则因为他没有敌人，从来不提防别人算计。

总是处在提防中的人很难幸福。他将一切糟糕的结果预先施加在自己头上。虽然仅仅是想象，但想象的施加也会有打过折扣的灰暗影响。

谁也不能从不如意中赦免，但可以用如意的事情冲淡。也就是孔子所讲的“乐以忘忧”。在一个人陷入空虚、烦闷、忧虑、苦恼的时候，有个好办法可以至少从症状上缓释，就是布施。当你陷入周期性的低落时，最简捷的办法是打开朋友的微信——不是找他们倾诉，而是给他们发个红包，然后二话不说飘然离开。倾诉是有求于人，发红包则是有惠于人。朋友未必喜欢听你倾诉——喜欢听你倾诉的多半是打算乘虚而入勾搭你的异性——但很少有朋友不喜欢你发红包。再或者，给父母爷爷奶奶打个电话问候一下他们的健康，低落的情绪就会缓释。感到苦闷往往是由于察觉到自己无能为力，一旦施与，就会重新感受到自己的力量。这虽然只是治标，但和治本并不割裂。治标的方法用久了，形成了习惯，气质就会改变。气质的改变则通向治本。

对他人不切实际的猜测，有时并非出于恶意，而是出于阅历的匮乏。小说《丈量世界》里，讲了地理学家洪堡的故事。洪堡自小对山脉、河流、植物、星空感兴趣，他去各个国度游历，途中所遇每一座山、每一条河，都要亲自测量。行经柴玛斯传教区，僧侣友好接待了他，但没人理解他的动机。修道院院长以为，洪堡此行背后一定有什么阴谋，没有人横跨半个世界，仅仅是为了测量并不属于他们的土地。

修道院院长算是见多识广的人，但他的所见所闻被限制在柴玛斯传教区，当遇见一个来自不同国度的人，想象就不够用了。这就是为什么人应当解除狭隘的成见，去领略更丰富广阔的事物。

我本科毕业后，在郑州一家教育培训公司上过两个月班，负责给老师端茶倒水。老师是从郑州外国语等学校请来的。我没觉得他们教得有多么好，总觉得如果让我教，不会比他们差。那时候年轻气盛，想法藏不住，被大家知道了。同事就开玩笑，说王路这辈子的理想就是做第二个刘建辉。刘建辉是给我们代课教数学的。几年后，我出了书，很久没联系的同事知道了，从 QQ 上发来消息，说没想到你这样的人也能当作家。

研究生毕业后，我来北京工作，入职前住在一位打工的舅舅家。我还有另一个舅舅，在老家的高中教书。这位舅妈说：“你怎么来北京上班呢？在咱县一高上班不好吗，让你 ×× 舅安排，咱们是亲戚，你又大学毕业，他还能不给安排吗？”这位舅妈看了我租的1500块的房子，感觉太贵了，建议我在门头沟租600块的，说那种面积还大些。

我不太容易跟她解释我的选择，以及我每天相处的人和事。对我来说，去门头沟住一个月600块的房子，也不至于难以忍受，我2009年住过郑州的庙李和北京的唐家岭，都是城中村，并不比后来在小区里住艰苦。只是，当周围同事都住小区，你跑到门头沟住时，和他们就隔了一层屏障，别人下班撸串就喊不到你了。选择一种环境、生活方式和消费模式，并不仅意味着选择这些，更意味着选择和特定的群体相处。你要跟一些人的生活差不多，至少表面上看起来差不多，才会被他们接纳。

人需要理解他人的生活，理解和自己不一样的人存在于这个世界上，每天考虑的是什么，发愁的是什么，梦想的是什么。不去解除狭隘的认知，对他人的判断就会经常陷入武断的境地。

# 武英殿里，真神驾临

京城落雪的前一天，我去了故宫。《清明上河图》撤下了，武英殿前游人寥寥。前一回来，排了七小时队，这次直接进来了。见到了真宝贝，真是欢喜。

说的不是《兰亭序》。

先看见蔡襄、黄庭坚的字。蔡襄的字舒服啊。每个字都比别人好那么一点点，也不多，就那么一点。他的用笔，有人也会，但结体比人家好一点；他的结体，有人也能，但用笔比人家好一点。乍一看，以为别人写好点也能成这样，仔细琢磨琢磨，不能。就像考试，每部分比人家多一两分，整体下来，就多好几十分。

黄庭坚不是。这老头真是天才。一支笔劈头盖脸打过来，霸气。但你又不能说他霸气。老头子心气很平和。花气熏人欲破禅，心情其实过中年。《花气帖》不在，展的是《诸上座》。只懂书法不懂禅是看不了的。写的是法眼文益的语录，“此是大丈夫出生死事，不可草草便会。拍盲小鬼子往往见便下口，如瞎驴吃草样”，有意思。

《红楼梦》里鸳鸯说，什么好话？宋徽宗的鹰、赵子昂的马，都是好画。这里有赵子昂的马，《人骑图》被列为神品。我不懂画，感兴趣的是赵子昂的款识。他说：“画固难，识画尤难。吾好画马，盖得之于天，故颇尽其能事。若此图，自谓不愧唐人。世有识者，许渠具眼。”意思是，老子画马的本事是天生的，世人认得这画好，算他长眼睛。可见把它定为神品是有道理的，不然，赵孟頫不许你长眼睛。

这次来，对乾隆皇帝添了一点好感。只因看到他在《鸡雏待饲图》旁的题诗：“双雏如仰望，其母竟何之。未解率场啄，谁怜空腹饥。展图一絜矩，触目切深思。灾壤民待哺，慎哉群有司。”从两只小鸡，想到它们妈妈去哪儿了。嗷嗷待哺的小鸡，等不到妈妈就要饿肚子。由此思及灾民吃不上饭，便告诫为官须慎重。本来不喜乾隆，见到这诗，原谅他了。

最重的展品是《兰亭序》。看展的人不多，却有一大半是排队看《兰亭序》。世人对热闹的热情总是很大。随便一家书店，总不会找不到《兰亭序》的复制品，但人们还是有兴趣看看神龙本真迹。我懒得排队，就去一旁了。

结果，遇见两件藏品，让我的欢喜超过《兰亭序》和《清明上河图》一百倍：

《奉同敬夫兄城南之作》《龙江留别诗卷》。

前一件，是朱熹和张栻的二十首诗。后一件，是王守仁的诗。朱熹的诗写得真好。“疏此竹下渠，漱彼涧中石。暮馆绕寒声，秋空动澄碧。”真是唐人风致，让人欢喜。不过，这不是朱熹的高处。可窥朱熹高处的在这里：

“西山云气深，徙倚一舒啸。浩荡忽褰开，为君展遐眺。”没有大襟抱写不出这句子。还有，“月色三秋白，湖光四面平。

与君临倒景，上下极空明。”这是以气御剑。论诗，并不是一流的诗。但真是君子之诗。不是君子，写不到这么澄澈。字句都寻常，但寻常中透露出极深的修为功夫，是士大夫的云山江水之风，绝非等闲文人可及。

朱熹的字也好，温润如玉，光芒含藏，圭角不露。你说这是一流的书法，我是不信的。你说这是一流人的书法，我信。那种感觉，望之俨然，即之也温。没有凌厉的气象，却肃重自持。我本爱徐青藤、黄鲁直，将之与朱子一比，便觉山谷青藤遗墨纵然好，却不能不逊三分。

朱熹也有写错的地方。“仙人冰雪姿”写成了“仙人贞冰雪”。照理来讲，把贞字圈掉，或者在旁边加个点，再继续写就好了。而“贞”恰好是应避讳的字，宋仁宗叫赵祯。圈掉或点掉，总是不妥。但如果换纸重写，又太刻意。其实，朱子的处理办法十分简单，他既不圈又不点，只是另起一行再写，这看起来极为简单的做法，如果去别人手札里寻，发现几乎见不到。

董其昌写《乐毅论》，写得不对，于是弃掉前边许多字重头写，这样很认真，却不够随意。唐寅写《落花诗册》，也很长，偶有笔误，便点掉，随意有余，认真略欠。所以，朱子真是能“极高明而道中庸”的。很有可能，他在写下“贞”字的时候，就意识到错了，却又把“冰雪”写上，凑齐五字，才另起一行重写。虽是小节，却见其大，一般人是决计做不到的。

《龙江留别诗卷》也极好。可惜到这里就闭馆了，不能细看。王阳明和朱元晦一样，诗都好，字也好，只是二人在文章事功上的光芒太耀眼，把诗和字的好遮住了。

你看阳明的《狱中诗》：

屋罅见明月，还见地上霜。
客子夜中起，旁皇涕沾裳。
匪为严霜苦，悲此明月光。
月光如流水，徘徊照高堂。
……

哎呀，真是一流的诗，一流的人。坐牢坐出来这样的诗，几千年来能有几个？往上找，只能找到周文王，但周文王也没有诗传世。骆宾王的《在狱咏蝉》虽然好，但做不到他这么胸无点疵呀。其实，一流的人断难写出一流的诗。兴于诗、立于礼、成于乐，当一个人有以立、有以成时，在兴的方面就淡泊了。所以像老杜这样的热肠的儒家，也只能说是一流的诗人，离一流的人还有距离。你看朱子的诗，论悱恻动人，是铁定敌不过李义山的。他发乎情，止乎礼，未到过处便克制住了。而阳明此诗，悱恻之情接踵义山，清俊之词继乎太白，真足称一流之诗。此时阳明尚未至龙场，龙场一悟之后，诗便换了境界，不能复见这种情致了。

《龙江留别诗卷》不及此首，但总归是阳明写的。你可以想象，几百年前，阳明就拿着一支笔，在面前的纸上涂下如此墨迹。朱元晦也是。数百年后，要找一件与他们生平最接近的物事，恐怕只有这遗墨了。阳明当年谒濂溪祠，写诗曰："木偶相沿恐未真，清辉亦复凛衣巾。"后人用木头泥土塑个像，毕竟不如前贤生时亲手所作更能令人想象謦欬。

朱元晦辞世三百年后，王姚江写下《朱子晚年定论》，又五百年后，二人遗墨在紫禁城的武英殿里与后人重逢。

时节正是初冬。岁寒，然后知松柏之后凋也。紫禁城里的青石板已经被往来游人踩得坑坑洼洼，他们蜂拥着去看西太后的展览，边排队边讨论着《甄嬛传》的故事。武英殿前，行人稀落，耸霄的老银杏已被霜风凋黄，吹下枝干，铺满石阶，引得游客拍照与写生，参天的松柏在一旁寂立，寒暑阴晴的变迁并不与它相干。

高树环绕的武英殿里，朱晦翁和王姚江的遗墨俱在，渊渟岳峙。

兰亭序算什么呢。紫禁城龙椅上坐过的所有真命天子加起来，也不敌二位先生光芒之万一。